o deserto do amor

françois mauriac

o deserto do amor

Tradução de
RACHEL DE QUEIROZ

1ª edição

Rio de Janeiro, 2017

CIP-BRASIL. CATALOGAÇÃO NA PUBLICAÇÃO
SINDICATO NACIONAL DOS EDITORES DE LIVROS, RJ

M412d Mauriac, François, 1885-1970
O deserto do amor / François Mauriac; tradução Rachel de Queiroz. – 1ª ed. – Rio de Janeiro: José Olympio, 2017.

Tradução de: Le désert de l'amour
ISBN: 978-85-03-01310-9

1. Romance francês. I. Queiroz, Rachel de, 1910-2003. II. Título.

17-39366

CDD: 843
CDU: 821.133.1-3

Título em francês:
LE DÉSERT DE L'AMOUR

Copyright © Editions Grasset & Fasquelle, 1925, 2017

Copyright da tradução © herdeira de Rachel de Queiroz, 2017

Este livro foi revisado segundo o novo Acordo Ortográfico da Língua Portuguesa.

Todos os direitos reservados. Proibida a reprodução, armazenamento ou transmissão de partes deste livro, através de quaisquer meios, sem prévia autorização por escrito.

Reservam-se os direitos desta tradução à
EDITORA JOSÉ OLYMPIO LTDA.
Rua Argentina, 171 – 3º andar – São Cristóvão
20921-380 – Rio de Janeiro, RJ
Tel.: (21) 2585-2000

Seja um leitor preferencial Record.
Cadastre-se e receba informações sobre nossos lançamentos e promoções.

ISBN 978-85-03-01310-9

Impresso no Brasil
2017

I

Durante anos, a esperança de Raymond Courrèges fora defrontar seu caminho com aquela Maria Cross: era seu desejo ardente vingar-se dela. Muitas vezes acompanhara uma passante na rua, supondo tratar-se daquela a quem procurava. Depois, o tempo de tal modo lhe adormecera o rancor que, quando o destino novamente o pôs diante daquela mulher, já não sentiu a alegria mesclada de furor que o encontro lhe deveria suscitar. Quando entrou, nessa noite, num bar da rua Duphot, eram apenas dez horas, e o negro do jazz cantarolava para divertimento exclusivo do atento maître. Na boate apertada, onde, pela meia-noite, os pares dançariam, zumbia um ventilador, como uma enorme mosca.

O porteiro espantara-se:

— Não estamos acostumados a ver o senhor chegar tão cedo...

E Raymond, como resposta, fizera um gesto de mão para que interrompesse aquele zumbido. Em vão, o porteiro, confidencialmente, o quisera persuadir de que "aquele sistema novo absorvia a fumaça sem fazer vento"; Courrèges o olhara de tal modo que o homem saiu em direção ao vestiário. E, no teto, o ventilador silenciou como um zangão que pousa.

E o moço, então, depois de cortar a linha imaculada das toalhas de mesa, e avistando nos espelhos a sua cara dos piores dias, perguntara a si próprio: "Que será que está errado?". Claro, ele detestava as noites perdidas, e aquela seria perdida por culpa da besta do Eddy H... Fora preciso quase obrigar o rapaz, apanhá-lo em casa para trazê-lo ao bar. Durante a refeição, Eddy desculpara-se pela desatenção, alegando dor de cabeça; mal se sentava à beira da cadeira, o corpo impaciente, já de todo ocupado com qualquer prazer futuro e próximo; bebido o café, fugira, alegre, o olhar vivo, as orelhas vermelhas, as narinas abertas. Durante o dia inteiro aquela noite fora esperada por Raymond como perspectiva encantadora; mas a Eddy, decerto, se teriam oferecido outros prazeres, mais amenos do que qualquer confidência.

Courrèges admirava-se de se sentir não apenas decepcionado e humilhado, mas triste. Chocava-o perceber que um colega qualquer lhe tornasse estimado; era coisa novíssima em sua vida. Até os 30 anos, incapaz daquele tipo de desinteresse que a camaradagem exige, além de se ver absorvido pelas mulheres, ele desprezara tudo que não lhe parecesse suscetível de posse e, menino guloso, poderia dizer: "Só gosto daquilo que se devora". Nessa época, utilizava os colegas apenas como testemunhas ou confidentes; um amigo lhe significava, de saída, um par de ouvidos. Gostava também de provar a si próprio que os dominava, os dirigia; sentia paixão pela influência e se envaidecia em desmoralizar com eficácia.

Raymond Courrèges poderia ter feito para si uma clientela, como seu avô cirurgião, como seu tio-avô jesuíta, como seu pai médico, se fosse capaz de submeter seus apetites a uma carreira e se suas preferências não o levassem sempre a só procurar as satisfações imediatas. Contudo, atingira uma idade em que somente aqueles que se dirigem às almas podem ter um domínio garantido: e Courrèges só sabia ensinar aos seus discípulos o melhor rendimento de prazer. E os mais jovens sonhavam com cúmplices da sua própria geração — e a clientela de Courrèges diminuía. Em amor, a caça pulula durante muito tempo, mas o pequeno grupo que conosco começou a viver se reduz todos os anos. Quanto aos sobreviventes dos sombrios cortes da guerra, quer aprisionados pelo casamento, quer deformados pela profissão, Courrèges, vendo-lhes o cabelo grisalho, a barriga, a careca, odiava-os por serem da sua idade, acusava-os de assassinos da própria juventude, de a traírem, antes que ela os abandonasse.

Quanto a si, punha seu orgulho em se agrupar entre os rapazes do pós-guerra: e, naquela noite, no bar ainda vazio, onde apenas zumbia em surdina um bandolim (a chama da melodia morre, renasce, vacila), ele olhava ardentemente, refletido nos espelhos, seu rosto sob o cabelo liso, aquele rosto que os 35 anos ainda poupavam. Pensava que o envelhecimento, antes de lhe tocar o corpo, lhe tocava a vida. Se orgulhava em escutar a pergunta das mulheres: "Quem é aquele moço alto?", pois sabia que os rapazes de 20 anos, mais perspicazes, já não o contavam entre os membros da sua raça efêmera. Esse Eddy, talvez, tivesse coisa melhor a fazer do que falar de si próprio até o amanhecer, o rumor do saxofone; mas talvez, também, naquela mesma hora, em outro bar, se ocupasse em explicar o próprio coração a outro jovem nascido em 1904, e que a todo o tempo o interrompesse, dizendo: "Eu também" e "Tal qual comigo...".

Apareceram uns rapazes que expressaram, para atravessar a sala, um ar de suficiência e altivez que agora os embaraçava, ante tanta solidão. Aglutinaram-se ao redor do barman. Courrèges, entretanto, jamais aceitava sofrer por causa de outrem, fosse uma amante ou um colega. Procurou, pois, de acordo com seu método, descobrir a falta de proporção entre a insignificância de Eddy H... e a perturbação em que o deixava o seu abandono. E teve o prazer de não sentir a resistência da mínima raiz, quando tentou arrancar de si essa erva de sentimento. Chegou mesmo a conceber que amanhã poderia pôr na rua o rapaz, e, sem um tremor, encarou a hipótese de jamais o rever. Foi mesmo com alegria que pensou: "Vou varrê-lo...". Suspirou, satisfeito: mas percebeu em seguida que subsistia nele um constrangimento, do qual Eddy não era o princípio. Ah, sim, era aquela carta que tocava no bolso do smoking... Nem precisava reler: o doutor Courrèges só empregava com o filho uma linguagem elíptica, fácil de reter:

> *Alojei-me no Grande Hotel para o Congresso de Medicina. Fico à sua disposição pela manhã antes das nove horas; à noite, após as onze horas.*
>
> Seu pai
PAUL COURRÈGES

Raymond murmurou: "Antes fosse..." e, sem o saber, assumiu um ar de desafio. Tinha rancor ao pai, por não lhe ser tão fácil desprezá-lo quanto ao resto da família. Aos 30 anos, em vão Raymond reclamara um dote idêntico ao que recebera sua irmã casada. Ante a recusa dos pais, cortara as pontes; mas a fortuna pertencia a madame Courrèges; Raymond sabia bem que o pai se teria mostrado generoso se tivesse o direito de fazer, e que o dinheiro para ele nada valia. E repetia: "Antes fosse...", mas não se pode impedir de descobrir um apelo naquela mensagem seca. Não era tão cego quanto madame Courrèges, a quem irritavam a frieza e a brusquidão do marido, e que tinha o costume de repetir:

— Que me adianta ele ser bom, se não percebo isso? Imaginem só como seria se ele fosse mau!

Raymond sentiu-se incomodado ante o apelo daquele pai tão difícil de odiar. Não, claro que não responderia ao velho; mas assim mesmo... Mais tarde, quando Raymond Courrèges recordava as circunstâncias daquela noite, lembrou-se da amargura que sofrera ao entrar no pequeno bar vazio, mas esquecera as causas dessa amargura, que eram a ausência do colega Eddy e a presença de seu pai em Paris; acreditou que esse humor acerbo nascera de um pressentimento e que existia um laço entre o estado do seu coração, naquela noite, e o episódio que se aproximava de sua vida. Sempre afirmou, depois, que nem Eddy nem o doutor Courrèges teriam o poder de mantê-lo em tal angústia; mas que, mal se sentara, com um coquetel à frente, seu espírito e sua carne, instintivamente, haviam sentido a aproximação daquela que, no mesmo instante, num táxi na esquina da rua Duphot, mexia na bolsa pequena, e dizia ao companheiro:

— Que raiva, esqueci meu ruge.

E o homem respondeu:

— Devem ter ruge no toalete.

— Que horror! Posso me contaminar...

— Gladys lhe empresta o dela.

A mulher entrou: um chapéu *cloche* cobria o alto da face e só lhe deixava ver o queixo, que é o lugar onde o tempo inscreve a idade das mulheres. Os 40 anos haviam tocado aqui e ali essa extremidade do rosto, puxaram a pele, encheram uma papada. Sob o casaco de peles, o corpo devia estar cintado. Cega como um touro que sai do toril, ela se deteve à entrada do bar iluminado. Quando o companheiro a alcançou — retido por uma discussão com o motorista do táxi —, Courrèges, sem o reconhecer a princípio, disse consigo: "Já vi essa cabeça em qualquer parte... é uma cabeça de Bordeaux." E, de repente, um nome lhe veio aos lábios, enquanto ele olhava para aquele rosto quinquagenário, como que enlarguecido pela satisfação de ser ele mesmo: Victor Larousselle... Com o coração a bater, Raymond examinou novamente a mulher que, verificando ser a única a usar chapéu, tirou-o de repente e sacudiu defronte do espelho os cabelos recém-cortados. Apareceram os olhos, grandes e calmos, depois uma fronte larga, mas estreitamente delimitada pelas sete pontas jovens de uma cabeleira escura. No alto daquele rosto, se concentrava tudo o que a mulher ainda tinha de mocidade sobrevivente. Raymond a reconheceu, apesar dos cabelos curtos, o corpo mais espesso e aquela destruição lenta que partia do pescoço e subia em direção à boca e ao rosto. Reconheceu-a, como reconheceria um caminho de infância, apesar de derrubadas as carvalheiras que o sombreavam. Courrèges fazia o cálculo dos anos e, dois segundos depois, dizia consigo: "Ela tem 44 anos: eu tinha 18, e ela, 27." Como todos aqueles que confundem juventude com felicidade, ele tinha uma consciência surda, mas sempre desperta, do tempo que passava. Seu olhar media incessantemente o abismo cavado pelo tempo morto; todo ser humano que desempenhara um papel no seu destino apressava-se em inseri-lo em seu devido lugar e, vendo-lhe o rosto, rememorava a época.

"Será que ela me reconhece?" Mas teria ela virado as costas tão rapidamente se não houvesse o reconhecido? Aproximando-se do acompanhante, a mulher provavelmente lhe implorava que não demorasse ali, pois ele respondia em voz bem alta, no tom do homem que gosta que os basbaques o admirem:

— Não está triste, não. Dentro de um quarto de hora vai estar lotado.

E, empurrando uma mesa, não longe daquela em que estava debruçado Raymond, sentou-se pesadamente; no rosto, para o qual o sangue afluía, o sujeito exibia, além de todos os sinais da esclerose, uma satisfação sem sombras. Como, porém, a mulher se mantinha em pé, imóvel, ele a interpelou:

— Que é que você está esperando?

E já não havia mais traço de satisfação nos seus olhos, nem nos lábios grossos, quase violeta. E, supondo, falar em voz baixa, ele acrescentou:

— Naturalmente, basta que me divirta por estar aqui para que você faça cara feia...

Ela decerto lhe murmurava: "Cuidado, estão ouvindo!", porque ele quase gritou:

— Acho que sei me comportar em público! E que escutem!

Sentada perto de Raymond, a mulher se tranquilizara: seria óbvio que o moço se inclinaria para vê-la, e dela dependia lhe fugir ao olhar. Courrèges adivinhou essa segurança, compreendeu de repente, com terror, que aquela oportunidade, desejada por ele durante dezessete anos, pudesse se perder. Passados dezessete anos, esperava encontrar intacto seu desejo de humilhar aquela mulher que o humilhara, de lhe mostrar o homem que ele era: homem dos que não aceitam que uma tipinha qualquer os logre. Durante anos, comprazera-se em imaginar as circunstâncias que os poriam face a face, e qual seria a astúcia que empregaria para dominá-la, para fazer chorar aquela que, outrora, o rebaixara tanto... Claro que se em vez daquela mulher ele houvesse encontrado hoje qualquer outro comparsa de sua vida, dos tempos em que era um estudante de 18 anos: o seu colega preferido na época ou o inspetor que lhe inspirava horror, evidentemente ao vê-lo não teria descoberto em si mesmo traço nenhum da preferência ou do ódio sentidos pelo rapaz que deixara de ser. Mas, em relação àquela mulher, sentia-se tal como na quinta-feira de junho de 19..., ao crepúsculo, na estrada poeirenta de subúrbio, que cheirava a lírios, diante de uma porta cuja campainha para ele não soaria nunca mais! Maria! Maria Cross! Do adolescente arrepiado, envergonhado, que ele era então, ela fizera o homem novo em que ele se tornaria para sempre. Mas ela, Maria Cross, como mudara pouco! Os mesmos olhos indagadores, a mesma testa clara... Courrèges pensava consigo que seu colega predileto de 19... seria agora, esta noite, um homem pesado, já calvo, barbado: mas o rosto de certas mulheres continua banhado de infância até mesmo em plena maturidade; e é talvez a infância eterna delas que fixa o nosso amor e o liberta do tempo. Lá estava ela, igual ao que fora, depois de dezessete anos de paixões desconhecidas, como aquelas virgens negras às quais nenhuma labareda da Reforma ou do Terror pudera alterar o sorriso. Era o mesmo homem importante que ainda a mantinha, cuja impaciência e humor se manifestavam com ruído, porque as pessoas que ele esperava demoravam a chegar:

— Foi Gladys na certa que o atrasou... Eu, que sempre sou pontual, detesto as pessoas impontuais. É curioso, mas não tolero fazer ninguém esperar, não posso. Hoje todo mundo é tão grosseiro...

Maria Cross tocou-lhe o ombro e decerto repetiu: "Estão ouvindo...", porque ele ralhou que não dizia nada que alguém não pudesse ouvir e que era incrível que ela quisesse lhe ensinar a viver.

A simples presença de Maria entregava Courrèges, indefeso, ao passado morto. Se ele guardara sempre uma consciência clara do tempo passado, detestava evocar imagens precisas desse passado, e o que mais temia eram as rebeliões dos espectros; mas naquela noite nada podia fazer contra a torrente de imagens desencadeadas dentro de si pela presença de Maria: escutava soar 18 horas e as carteiras batiam; não chovera sequer o suficiente para baixar a poeira, o bonde não tinha luz o bastante para que ele pudesse ler *Afrodite* — bonde cheio de operários, aos quais a fadiga do dia dava uma expressão de doçura.

II

Entre o colégio — onde ele era o mau aluno, expulso da classe, a errar pelos corredores, colado à parede — e a casa da família no subúrbio, estendia-se aquele período que o libertava, aquela longa viagem de volta no bonde, onde afinal via-se só entre pessoas indiferentes, sem olhar; principalmente no inverno, porque a noite, mal interrompida de longe em longe por uma luz da rua ou pelas vidraças de um bar, o separava do mundo, o isolava no cheiro de lã úmida das roupas de trabalho; um cigarro apagado ficava colado aos lábios caídos; o sono revirava os rostos de rugas encarvoadas, um jornal escorregava das mãos pesadas; aquela mulher sem chapéu levantava o folhetim para a luz e sua boca se movia como que rezando. Mas, enfim, pouco depois da igreja de Talence, era preciso descer.

O bonde, fogo de artifício em movimento, alumiava durante segundos os teixos e os caramanchões nus de uma propriedade, depois o menino escutava decrescer o ruído das rodas sobre a rua cheia de poças, que cheirava a madeira podre e a folhas. Ele tomava então a estradinha que acompanha o jardim dos Courrèges, empurrava a porta de serviço entreaberta; a lâmpada da sala de jantar iluminava o arvoredo de encontro à casa onde, na primavera, se plantavam fúcsias, que gostam de sombra. Já Raymond fechava a cara, como no colégio, as sobrancelhas juntas de tal modo que formavam apenas uma linha espessa por cima dos olhos, o canto direito da boca um pouco caído; ele entrava na sala, soltava um "boa-noite" coletivo às pessoas agrupadas em torno de uma lâmpada parcimoniosa. Sua mãe lhe perguntava quantas vezes era preciso lhe pedir que raspasse as solas dos sapatos no limpa-pés, e se ele pensava sentar-se à mesa com "aquelas mãos". E a velha madame Courrèges dizia em voz baixa à nora:

— Lembre-se da recomendação de Paul: não se deve enervar à toa esse menino.

E assim, mal Raymond aparecia, trocavam-se palavras azedas por sua causa.

Ele se sentava na sombra. Debruçada sobre o bordado, sua irmã, Madeleine Basque, nem sequer levantava a cabeça. E ele pensava que interessava menos à irmã do que o cachorro. Raymond era a "peste da família" e Madeleine gostava de dizer que ele daria "uma boa bisca"; e o marido, Gaston Basque, acrescentava:

— Principalmente com o pai fraquíssimo que tem.

A bordadeira levantava a cabeça, ficava um segundo a escutar, e dizia:

— Lá vem Gaston — e largava o trabalho.

— Não escutei nada — dizia madame Courrèges.

— Lá vem ele, sim... — e, embora nenhum ruído fosse perceptível a qualquer outro ouvido além do seu, Madeleine levantava-se, corria para a varanda, desaparecia no jardim, guiada por um instinto infalível, como se ela pertencesse a uma espécie diferente dos outros animais, na qual o macho, e não a fêmea, desprende um odor que atrai a cúmplice através da escuridão. Logo os Courrèges escutavam uma voz de homem e o riso complacente e submisso de Madeleine; sabiam que o casal não atravessaria a sala e subiria por uma porta escusa até o andar dos dormitórios e só desceria ao segundo toque da sineta.

Sob o lampião suspenso, a mesa reunia madame Courrèges mãe, sua nora, Lucie Courrèges, o jovem casal e quatro meninas meio arruivadas, como Gaston Basque; vestidos iguais, cabelos iguais, e até sardas iguais, apertavam-se umas às outras como passarinhos mansos numa vara.

— E ninguém fale com elas — decretava o tenente Basque. — Se alguém falar com as meninas, elas é que serão castigadas; fique todo mundo ciente.

O lugar do doutor ficava vago por muito tempo, mesmo quando ele estava em casa; ele entrava no meio da refeição, trazendo um pacote de revistas. A mulher lhe perguntava se não escutara a sineta e declarava que, com um serviço assim desmantelado, não havia meios de manter um criado em casa. O doutor sacudia a cabeça, como para afastar uma mosca, e abria uma revista. Não era afetação, era economia de tempo da parte de um homem esgotado, cujo espírito era solicitado por cuidados diversos, e que conhecia o preço de cada minuto. Na ponta da mesa, os Basque se isolavam, indiferentes ao que não lhes dizia respeito, ou às filhas.

Gaston contava em voz baixa seus esforços para não sair de Bordeaux; o coronel escrevera ao Ministério... A mulher o escutava sem tirar a vista das filhas e sem parar de corrigi-las:

— Não limpe o prato... Você não sabe usar a faca? Não se refestele assim. Ponha as mãos em cima da mesa... as mãos, não os cotovelos... Fique sabendo que não vai ganhar outro pão... já bebeu demais...

Os Basque formavam uma ilha de desconfiança e segredo.

— Eles não me contam nada.

Todas as queixas que madame Courrèges alimentava contra a filha se concentravam nessa frase: "Eles não me contam nada". Desconfiava de que Madeleine estivesse grávida, lhe espionava a cintura, interpretava seus acessos de mal-estar. As criadas eram sempre prevenidas antes dela. Madame Courrèges imaginava que Gaston tinha um seguro de vida, mas de quanto? Ignorava a quantia certa que eles haviam recebido por ocasião da morte do velho Basque.

Na sala, depois do jantar, Raymond não respondia à mãe, que ralhava:

— Você não tem lição nenhuma a aprender? Nem redação a preparar?

Ele segurava uma das garotinhas, parecia amassá-la com as mãos fortes, levantava-a bem acima da cabeça para que a menina pudesse tocar no teto; fazia molinetes com aquele corpinho flexível, enquanto Madeleine Basque, como uma galinha choca assustada, mas desarmada pela alegria da filha, gritava:

— Cuidado! Você vai aleijar a menina! Ele é tão bruto!

A avó largava então o tricô, levantava os óculos, e um sorriso lhe franzia o rosto: e a velha recolhia apaixonadamente esse testemunho a favor de Raymond:

— Ninguém pode negar que ele adora crianças; só acha encanto nelas.

E a velha sustentava que Raymond não gostaria de crianças se não fosse bom:

— Basta vê-lo com as sobrinhas para se ficar sabendo que ele não é mau rapaz.

Será que Raymond gostava mesmo de crianças? Ele se apegava a qualquer coisa fresca, tépida e viva, como defesa contra aqueles que chamava os cadáveres. Raymond jogava no sofá a menininha, alcançava a porta e corria em grandes passadas pelas alamedas cobertas de folhas: o céu mais claro entre os galhos nus lhe mostrava o caminho. No primeiro andar ardia, por trás da vidraça, a lâmpada do doutor Courrèges. Raymond iria mais uma vez deitar-se, naquela noite, sem beijar o pai? Ah, já bastavam, todas as manhãs, aqueles três quartos de hora de silêncio hostil: porque, mal amanhecia, o cupê do doutor carregava pai e filho. Raymond descia na barreira de Saint-Genès e, através dos bulevares chegava ao colégio, enquanto o doutor prosseguia caminho até o hospital. Três quartos de hora naquela caixa fechada que cheirava a couro velho, entre as vidraças a escorrer água, ficavam os dois lado a lado. O médico, que minutos depois falaria abundantemente, com autoridade, quer aos auxiliares, quer aos estudantes — há meses procurava palavras que atingissem aquele ente nascido dele. Como abrir caminho até um coração eriçado de defesas? Quando ele se convencia de que alcançara a meta e dirigia a Raymond palavras longamente meditadas, não as reconhecia, e sua voz o traía — saía, de má vontade, rabugenta e seca. Sempre fora seu martírio aquela incapacidade de exprimir os próprios sentimentos.

A bondade do doutor Courrèges só era célebre porque suas ações a testemunhavam; apenas suas ações prestavam testemunho daquela bondade escondida dentro dele, daquela enterrada viva. Era impossível fazê-lo aceitar uma palavra de gratidão sem resmungar e sem encolher os ombros. Sacudido ao lado do filho naquelas madrugadas chuvosas, quantas vezes interrogava aquele rosto que lhe fugia! E, contra sua vontade, o médico interpretava sinais naquele rosto de anjo mau — aquela falsa doçura dos olhos de grandes olheiras. "O pobre rapaz pensa que eu sou seu inimigo", pensava o pai, "e a culpa é minha, não dele." Ele não contava com a presciência dos adolescentes que sabem adivinhar quem lhes tem amor. Raymond ouvia aquele apelo e não confundia o pai com os demais, mas fazia-se de surdo. Aliás, ele também não saberia o que dizer àquele pai intimidado, pois que ele intimidava o homem, e era isso o que o endurecia.

No entanto, acontecia que o doutor não podia fugir de lhe fazer uma censura; sempre, porém, o mais carinhosamente possível, esforçando-se por tratar Raymond como um colega.

— O diretor me escreveu novamente a seu respeito. Você deixa maluco o pobre do padre Farge. Parece que está provado que foi você que pôs em circulação na sala de aula, aquele tratado de obstetrícia... decerto o furtou da minha estante. Confesso que a indignação do padre Farge me parece exagerada: vocês já estão na idade de conhecer a vida e, afinal de contas, é melhor recorrer a um livro sério... Escrevi ao diretor, dizendo isso mesmo... Mas encontraram também, na caixa de papéis da sala de estudo, um número de *La Gaudriole* e, naturalmente, desconfiam de você; põem nas suas costas todos os pecados de Israel... Tome cuidado, meu filho, você vai acabar sendo expulso, a seis meses dos exames...

— Não.

— Por que não?

— Porque, como estou repetindo, tenho muita probabilidade de passar desta vez. Conheço aqueles padres! Papai vai imaginar que eles abririam mão de algum colega que tenha possibilidades de passar no exame! Fique sabendo que, se eles me expulsassem, os Jesuítas ficariam comigo. E eles preferem que eu contamine os outros, como dizem, a perderem um bacharel nas estatísticas. Papai se lembra da cara triunfante de Farge, no dia dos prêmios: trinta candidatos se apresentaram, vinte e três passaram e dois dependendo! Trovoada de aplausos! São uns canalhas!

— Não é isso, meu filho...

O doutor acentuava o "meu filho". Eis talvez chegado o minuto de se insinuar naquele coração fechado. Já há não sei quanto tempo o filho não permitia a menor demonstração de confiança. E, através daquelas palavras cínicas, uma luzinha de confiança apontava. Que palavras usar, que não magoassem o menino, que o persuadissem de que existem homens sem cálculos nem astúcias, de que os mais hábeis são muitas vezes os Maquiavéis de uma causa sublime, e é para nosso bem que eles nos magoam... O doutor procurava a melhor fórmula, e já o caminho de subúrbio se tornara na rua de uma manhã clara e triste, atulhada pelas carriolas dos leiteiros. Mais alguns minutos e estaria chegada a Cruz de Saint-Genès, que os peregrinos de Santiago de Compostela adoravam de passagem e onde hoje só se encostavam os fiscais de ônibus. Sem encontrar as palavras, o pai segurou naquela mão quente, e repetiu baixinho:

— Meu filhinho... — E viu então que Raymond, com a cabeça encostada ao vidro, dormia, ou antes, fingia dormir. O adolescente fechara os olhos que, mau grado seu, poderiam trair alguma fraqueza, o desejo de dobrar-se, rosto rigorosamente hermético, ossudo, como se fosse talhado em sílex, em que o único traço de sensibilidade era a sombra dupla das pálpebras... Insensivelmente, o menino libertou a mão.

Foi antes dessa cena no carro, ou foi mais tarde, que aquela mulher, agora sentada ali, na banqueta do restaurante, dele separada apenas por uma mesa, da qual se poderia fazer ouvir sem levantar a voz — entrou em sua vida? Ela agora parece ter se acalmado, já sem temor de que Raymond a reconheça. Há momentos em que volve para ele os olhos, mas rapidamente os afasta. Sua voz, que ele tanto reconhece, domina o barulho:

— Lá vem Gladys.

Um casal entrou e se instalou diretamente entre Maria e o companheiro; falam todos ao mesmo tempo:

— Foi uma demora no vestiário! Somos sempre nós que chegamos primeiro...

— Bem, o importante é que chegaram.

Não, deveria ter sido mais de um ano antes daquela cena entre Raymond e o pai no carro, quando à noite, à mesa (seria ao fim da primavera, a lâmpada da sala de jantar não estava acesa), a velha madame Courrèges disse à nora:

— Lucie, já sei para quem são as tapeçarias brancas que você viu postas na igreja.

Raymond supusera que começava ali uma daquelas conversas sem-fim, cujas múltiplas frases insignificantes vinham morrer junto ao doutor. Eram mais frequentemente discussões domésticas; cada uma defendia seus criados: Ilíada miserável, cujas rixas de copa desencadeavam umas contra as outras, no Olimpo da sala de jantar, as deusas protetoras. Outras vezes, também, os casais disputavam uma empregada paga por dia:

— Contratei Travaillote para semana que vem — dizia, por exemplo, madame Courrèges a Madeleine Basque. A moça protestava que ainda tinha toda a roupa branca das crianças para remendar.

— É sempre você que fica com Travaillote.

— Por que você não fica com Maria-nariz-quebrado?

— Maria-nariz-quebrado trabalha muito mais devagar, e, além disso, exige a passagem do bonde.

Mas naquela noite a frase a respeito das tapeçarias brancas da igreja suscitou uma disputa grave. A velha acrescentara:

— É para o meninozinho de Maria Cross, que morreu de meningite. Parece que ela pediu algo de primeira classe.

— Que falta de tato!

Ante essa exclamação da mulher, o médico, que tomava sopa lendo uma revista, levantou os olhos. Como fazia sempre, a mulher então baixou os seus, mas usou um tom colérico para dizer que era uma pena o vigário não chamar à ordem aquela mulher — toda a cidade sabia que era teúda e manteúda — e exibia um luxo tão insolente: cavalos, carros, e tudo o mais. O doutor estendeu a mão:

— Não julguemos. Não é a nós que ela ofende.
— E o escândalo, então? Não tem importância?

Pela careta que o doutor fez, Lucie compreendeu que ele se espantava com a vulgaridade da mulher; tentou baixar de tom, mas instantes depois ela já estava gritando que tinha horror a mulheres assim... Aquela propriedade, onde morara por tanto tempo sua velha amiga madame Bouffard, sogra de Victor Larousselle, estava agora ocupada por uma petulante... Toda vez que passava pela porta, sentia o coração partido.

Em voz calma, quase baixa, o doutor interrompeu a mulher para dizer que, naquela casa, esta noite, havia apenas uma mãe à cabeceira do filho morto. E então madame Courrèges, solenemente, de dedo apontado, decretou:

— É a justiça de Deus!

As crianças escutaram o barulho da cadeira que o doutor afastou bruscamente da mesa. Ele enfiou as revistas no bolso e, sem mais uma palavra, alcançou a porta em passadas que procurava diminuir, mas a família, à escuta, ouviu-o subir a escada de quatro em quatro.

— Que foi que eu disse demais?

Madame Courrèges interrogou com o olhar a sogra, os Basque, as crianças, a criada. Não se ouvia nenhum outro rumor senão o tinir de garfos e facas e a voz de Madeleine:

— Não morda o pão... Deixe esse osso...

Madame Courrèges, depois de encarar a sogra, disse ainda:
— É a doença.

Mas a velha senhora, com o nariz no prato, não deu mostras de escutá-la. Então Raymond soltou uma gargalhada.

— Vá rir lá fora e volte quando se acalmar.

Raymond atirou o guardanapo sobre a mesa. Como estava calmo o jardim! Sim, devia ser o fim da primavera, porque ele recordava os besouros de voo roncante, e que haviam servido morangos à sobremesa. Sentou-se no meio do relvado, na pedra quente de um tanque cujo repuxo ninguém vira antes. A sombra de seu pai, no primeiro andar, vagueava entre uma janela e outra. Naquele crepúsculo poeirento e pesado, no campo, perto de Bordeaux, o sino tocava em longos intervalos, porque morrera o filho daquela mulher que, neste mesmo instante, esvazia o copo tão perto de Raymond que ele quase poderia tocá-la com o braço estendido. Depois de beber o champanhe, Maria Cross olha o rapaz mais livremente, como se já não temesse ser reconhecida. É pouco dizer que ela não envelheceu: apesar dos cabelos curtos e embora não tenha vestido nada que não esteja na moda este inverno, seu corpo todo, contudo, guardou a forma das modas de 19... Ela é jovem, mas de uma juventude que desabrochou e se fixou quinze anos atrás — jovem como não se é mais jovem. Suas pálpebras não poderiam ser mais batidas do que no tempo em que ela dizia a Raymond:

— Nós temos olhos fraternos.

Raymond se recordava de que, no dia seguinte àquela noite em que o pai abandonara a mesa, ele tomava chocolate, cedo da madrugada, na sala de jantar, e como as janelas estavam abertas para o nevoeiro, tiritava um pouco, dentro do cheiro de café recém-moído. O saibro da alameda estalou sob as rodas do cupê: o doutor estava atrasado naquela manhã. Madame Courrèges, vestida com um vestido cor de ameixa, os cabelos ainda repuxados e entrançados segundo o rito noturno, beijou a testa do estudante, que não interrompeu o café da manhã.

— Seu pai ainda não desceu?

E a mãe ajuntou umas cartas que tinha, dando-lhe para pôr no correio. Mas Raymond adivinhava a razão daquela presença matinal; vivendo assim, apertados uns contra os outros, as pessoas de uma família tendem tanto a não confiar nos demais, como a descobrir os segredos do próximo. A mãe dizia da nora: "Ela não me conta nada, o que não impede de que eu a conheça a fundo". Cada um pretendia conhecer a fundo todos os outros, e ser ele o único indecifrável. Raymond achava que sabia por que sua mãe estava ali: "Ela quer voltar às boas". Depois de uma cena como a da véspera, Lucie rondava em torno do marido, procurando ser perdoada. A pobre mulher descobria sempre tarde demais que suas palavras pareciam infalivelmente escolhidas para irritar o doutor. Como em certos sonhos dolorosos, cada esforço feito em direção do marido, a afastava dele; era-lhe impossível fazer ou dizer qualquer coisa que não lhe fosse odiosa. Possuída de uma ternura desastrada, a mulher avançava a tatear, mas seus braços estendidos só conseguiam machucá-lo.

Ao escutar a porta do doutor fechar-se no primeiro andar, madame Courrèges serviu na xícara o café quentíssimo; um sorriso lhe iluminava o rosto amarrotado pela insônia, riscado pela chuva lenta dos dias trabalhosos e iguais — tal sorriso desapareceu assim que o doutor surgiu, pois logo ela o interpelava, desconfiada:

— Você vai sair de cartola e sobrecasaca?

— Você bem o vê.
— Vai a algum casamento?
— ...
— Ou a um enterro?
— Vou.
— Quem morreu?
— Uma pessoa que você não conhece, Lucie.
— Mas me diga mesmo assim.
— O menino Cross.
— O filho de Maria Cross? Você a conhece? Não tinha me contado, você não me conta nada. No entanto, desde que nós conversamos à mesa a respeito dessa vigarista...

O doutor, de pé, bebia o café. E respondeu com a sua voz mais suave, o que, nele, significava o cúmulo da exasperação, embora controlado:

— Depois de 25 anos de casados, você ainda não compreendeu que eu falo o mínimo possível a respeito dos meus clientes.

Não, ela não compreendia e se obstinava em considerar espantoso o fato de lhe informarem, ao acaso de uma visita, que a senhora fulana era cliente do doutor Courrèges:

— É agradabilíssimo para mim ouvir as palavras de espanto dos estranhos: "Como? A senhora não sabia?", e sou obrigada a responder que você não tem a mínima confiança em mim e que nunca me conta nada... Era do menino que você tratava? De que morreu? Você pode perfeitamente me contar, porque nunca repito nada; o que, aliás, não teria importância, tratando-se dessa gentinha...

O doutor, como se não houvesse escutado, como se não visse a mulher, enfiou o sobretudo e gritou para Raymond:

— Depressa, já bateram 7 horas há muito tempo.

Madame Courrèges trotava atrás deles:

— Que foi que eu disse agora? De repente você se arrepia todo.

A porta bateu; uma moita de evônimos já encobria o velho cupê e o sol começava a rasgar a bruma; e madame Courrèges voltou para casa, dirigindo palavras confusas a si própria.

No carro, o estudante contemplava o pai com uma curiosidade ardente, com o desejo de receber uma confidência. Era aquele, talvez, o momento em que eles poderiam se aproximar. Mas o doutor estava agora muito longe, em espírito, daquele rapaz cuja captura tantas vezes buscara; a jovem presa se lhe oferecia, agora, e ele o ignorava; resmungava baixinho, como se estivesse só: "Eu devia ter chamado um cirurgião... Sempre se pode tentar uma trepanação...". Atirou para trás a cartola arrepiada, baixou um dos vidros, estendeu o rosto barbudo para a rua cheia de carriolas. Na barreira, o pai repetiu distraído:

— Até a noite — mas não acompanhou Raymond com o olhar.

III

O verão que se seguiu foi aquele em que Raymond completou 17 anos. Ele o recorda como um verão tórrido, sem água, tal como nenhum outro pareceu atormentar a cidade pedregosa. E, contudo, ele recorda bem esses verões de Bordeaux que as colinas defendem contra o vento do norte e que é assediada até junto às portas pelos pinheiros e a areia, onde o calor se concentra, se acumula — cidade pobre em árvores, afora aquele jardim público onde os meninos mortos de sede tinham a impressão de que, por trás das grades altas e solenes, acabava de se consumir toda a verdura do mundo.

Mas, nas suas lembranças, talvez Courrèges confundisse o fogo do céu, naquele ano, com a chama interior que o devastava, a ele e a mais sessenta rapazes da mesma idade, entre as barreiras de um pátio separado de outros pátios por uma parede de latrinas. Eram necessários dois vigilantes para conter aqueles meninos prestes a morrer e aqueles homens prestes a nascer. Sob a pressão de uma germinação dolorosa, a jovem floresta humana crescia em alguns meses, frágil e sofrida. Mas, enquanto o mundo e seus usos podavam quase todas essas mudas de boas famílias, Raymond Courrèges expunha despudoradamente seu ardor. Ele dava medo e horror aos seus mestres, que separavam o máximo possível dos colegas aquele rapaz de rosto lanhado (porque sua carne infantil tolerava mal a navalha). Aos olhos dos bons alunos, Raymond representava o mau-caráter, do qual se diz que esconde retratos de mulheres na carteira, e que lê, na capela, sob a capa do manual, *Afrodite*. "Ele perdera a fé...", essa frase aterrorizava o colégio, como se, num asilo de loucos, corresse o boato de que o louco mais furioso rasgara a camisa de força e vagueava nu pelos jardins. Sabia-se que, nos raros domingos em que escapava ao controle, Raymond Courrèges atirava às urtigas a farda e o gorro ornado com o monograma da Virgem, metia-se num sobretudo comprado na loja Thierry e Singrand, punha na cabeça um ridículo chapéu de polícia secreta, e percorria as barracas escusas da feira: tinham-no visto no "salão-picadeiro" com uma meretriz de idade incerta.

Quando, no dia da distribuição solene de prêmios, notificou-se a uma assembleia embrutecida pelo calor, sob as folhagens já ressequidas, que o aluno Courrèges fora aprovado com conceito "muito bem" — só ele conhecia a razão daquele esforço que fizera, apesar da desordem aparente de sua vida, para passar nos exames sem reprovação. Uma ideia fixa o tomara, o afastara de qualquer preocupação, tornara curtas as horas de saída proibida, contra o muro áspero do pátio: a ideia da partida, da fuga, numa madrugada de verão, pela estrada real da Espanha, que passa à frente da propriedade dos Courrèges — estrada coberta de lajes enormes, lembrança de Napoleão, dos seus canhões, dos seus comboios. A embriaguez, antecipadamente saboreada, de cada passo que o afastava um pouco mais do colégio e da insípida família! Ficara entendido que, se Raymond fosse aprovado, o pai e a avó lhe dariam cada um cem francos; e, como ele já possuía oitocentos, ficaria de posse de uma nota de mil, graças à qual achava ele que poderia correr o mundo e estender, entre si e os seus, uma estrada sem-fim. E fora por isso que, sem que o perturbassem as brincadeiras dos outros, ele estudara durante os períodos de castigo. Às vezes fechava o livro, voltava gulosamente aos seus devaneios: cantavam cigarras nos pinheiros das futuras estradas; fresco, sombreado, seria o albergue onde repousaria, estafado, numa aldeia sem nome; o luar acordava os galos e ele partia de novo na fresca, ainda com o gosto do pão nos dentes; e às vezes dormia sob uma meda, uma palha a lhe esconder uma estrela, e a mão molhada pelo orvalho da madrugada o despertava...

No entanto, Raymond não fugira — embora pais e professores estivessem de acordo que aquele menino era capaz de tudo; seus inimigos involuntariamente haviam vencido; a derrota de um adolescente decorre do fato de que ele se deixava persuadir de sua miséria. O rapaz mais atrevido, aos 17 anos, aceita benevolentemente a imagem de si próprio que lhe é imposta pelos outros. Raymond Courrèges era belo e não duvidava de que fosse um monstro de feiura, de sujeira; não discernia as linhas puras do seu rosto, antes tinha a certeza de que a única reação que poderia provocar nos demais era a repugnância. Tinha horror de si próprio e acreditava que jamais conseguiria devolver ao mundo a inimizade que provocava. E eis por que, mais forte que o desejo de evasão, sentia ele o desejo de esconder-se, de furtar o seu rosto, de não sofrer o ódio dos desconhecidos. Aquele perdido, cuja mão os meninos da Congregação tinham medo de tocar, ignorava a mulher tanto quanto eles, e não se considerava digno de agradar à pessoa mais miserável e suja. Tinha vergonha do seu corpo. Naquela ostentação de desordem e sujeira, nem os pais nem os professores souberam adivinhar o mísero desafio do adolescente, para lhes fazer acreditar que sua degradação era deliberada; pobre orgulho daquela idade, desesperada humildade.

Aquelas férias depois do exame de retórica, bem longe de serem as férias de sua fuga, foram um período de escondida covardia: tomado de vergonha, ele imaginava ler o desprezo nos olhos da criada que lhe arrumava o quarto, e não ousava sustentar aquele olhar com que, por muito tempo, o doutor o cobria. Como os Basque passassem o mês de agosto em Arcachon, não lhe restavam sequer os corpinhos das meninas, flexíveis como plantas, com os quais ele gostava de brincar selvagemente.

Depois da partida dos Basque, madame Courrèges gostava de dizer:

— Afinal é agradável a gente sentir-se um pouco mais dono da própria casa.

Era a sua maneira de vingar-se de certa frase da filha:

— Gaston e eu estávamos precisando mesmo de uma pequena cura de solidão.

Na realidade, a pobre mulher vivia na expectativa de uma carta diária e mal roncava um trovão estava ela a ver os Basque todos juntos numa falua a naufragar. Sua casa estava cheia apenas pela metade, e os quartos vazios lhe doíam. Que esperar daquele filho sempre a correr os caminhos, que entrava em casa suando e, cheio de desprezo, se atirava à comida como um animal?

— Dizem-me: você tem seu marido. Ah, qual o quê!

— Você esquece, minha filha, como Paul vive ocupado.

— Ele já não tem as visitas a fazer, minha mãe. A maioria da clientela está nas estações de águas.

— A clientela dos pobres não faz estação de águas. E ainda há o laboratório, o hospital, os artigos...

A esposa amarga abanava a cabeça: sabia que nunca faltaria alimento para aquela atividade do doutor; que jamais ocorreria, até a morte daquele homem, um intervalo de repouso, durante o qual, vago, ocioso, ele lhe concederia a dádiva total de alguns instantes. Lucie não imaginava que isso fosse possível; não sabia que o amor, mesmo nas vidas mais cheias, sabe sempre abrir seu lugar; que um estadista, sobrecarregado de trabalho, quando chega a hora em que a amante o espera, faz parar o mundo. Essa ignorância a impedia de sofrer. Embora ela conhecesse bem essa espécie de amor que significa andar nas pegadas de um ente inacessível, que jamais se volve para trás, sua própria impotência em obter dele um único olhar atento a impedira de imaginar que o doutor pudesse ser diferente em relação a outra mulher. Não, ela não consentiria em acreditar que existisse outra mulher capaz de atrair o doutor para fora daquele universo incompreensível em que se estabelecem as estatísticas, as observações, onde se acumulam as manchas de sangue e de pus, presas entre dois pedaços de vidro; e ela deveria viver durante anos sem descobrir que, em muitas noites, o laboratório ficava deserto, os enfermos esperavam em vão aquele que os acudiria, mas que, numa sala obscurecida, abafada em cortinas, preferia ficar imóvel, com o rosto voltado para uma mulher deitada.

Para conseguir, nos seus dias laboriosos, aqueles espaços secretos, o doutor precisava redobrar de atividade; ele desembaraçava seu caminho sobrecarregado para alcançar, afinal, aquele período de contemplação e de apaixonado silêncio, durante o qual um longo olhar lhe satisfazia o desejo. Às vezes, quase ao chegar essa hora esperada, ele recebia um recado de Maria Cross: ela não estava livre, o homem que a sustentava organizara um jantar num restaurante de subúrbio; e o doutor não teria mais coragem de viver se, no fim da carta, Maria Cross não sugerisse outro dia. Por um milagre instantâneo, toda sua existência se organizava em torno desse novo encontro. Embora todas as suas obras estivessem tomadas, ele descobria ao primeiro olhar, como um hábil jogador de xadrez, as combinações possíveis e o que seria preciso alterar para poder estar, no minuto marcado, imóvel, ocioso, naquela sala abafada de cortinas, com o olhar voltado para aquela mulher reclinada. E, passada a hora em que deveria ir vê-la se ela não houvesse adiado a visita, ele alegrava-se, a pensar: "Nesta hora já teria terminado, enquanto, assim, tenho ainda a perspectiva de toda aquela felicidade...". Os dias que o separavam do novo encontro, tinha muito com que os preencher; principalmente o laboratório era seu porto de abrigo; lá, perdia consciência do seu amor. As pesquisas aboliam o tempo, consumiam as horas, até que, de repente, chegava o momento de empurrar a porta daquela propriedade onde morava Maria Cross, por trás da igreja de Talence.

Mas, assim devorado, ele observava menos o filho, naquele verão. Depositário de tantos segredos vergonhosos, o doutor dizia consigo: "Nós sempre imaginamos que o noticiário não tem nada conosco, que o assassinato, o suicídio, a vergonha, é tudo para os outros, entretanto...". E entretanto ele jamais soube que, naquele mortal mês de agosto, seu filho estivera prestes a realizar um gesto irreparável. Raymond queria fugir, mas ao mesmo tempo esconder-se, não ser visto. Não ousava entrar num café ou numa loja. Acontecia-lhe passar dez vezes diante de uma porta sem se atrever a abri-la. Essa fobia tornava qualquer evasão impossível, e contudo ele abafava em casa. Muitas noites a morte lhe aparecia como a solução mais simples; Raymond abria a gaveta em que o pai escondia um revólver de modelo antigo: mas Deus não consentiu que ele achasse as balas. Certa tarde, atravessou os vinhedos adormecidos, desceu ao viveiro, na parte baixa de um descampado árido; esperava que as plantas, os musgos, lhe enlaçassem as pernas, que ele não se pudesse libertar daquela água limosa e que, enfim, tivesse os olhos e a boca cheios de lodo; ninguém o veria nunca mais e ele não mais veria os outros a observá-lo. Dançavam mosquitos sobre a água; rãs, como seixos, turvavam a treva movediça. Preso entre as plantas, um animal morto embranquecera. O que salvou Raymond, naquele dia, não foi o medo, foi o nojo.

    Por sorte ele nem sempre estava só, pois o campo de tênis dos Courrèges atraía a mocidade das propriedades próximas. Madame Courrèges censurava os Basque por lhe terem imposto a despesa com o tênis e depois irem-se embora, chegada a época de jogar. Só os estranhos aproveitavam; com uma raqueta na mão, os rapazes vestidos de branco, e cuja aproximação não se escutava devido às sandálias de corda, apareciam na sala à hora da sesta, cumprimentavam as senhoras, indagavam mal de Raymond e, logo em seguida, voltavam à luz do sol, em breve a ecoar com os seus *play,* seus *out* e suas risadas.

— Eles nem ao menos se dão ao trabalho de fechar a porta — gemia a velha madame Courrèges, cuja ideia fixa era não deixar entrar o calor. Raymond talvez consentisse em jogar, mas a presença de moças o afastava, ah, sobretudo as moças da família Cosserouge: Marie-Thérèse, Marie-Louise e Marguerite--Marie, três louras fornidas que sofriam de dores de cabeça por causa das cabeleiras espessas, condenadas a carregar à cabeça uma arquitetura enorme de tranças amarelas, mal contida pelos pentes, e sempre ameaçada. Raymond as odiava: por que elas passavam o tempo todo a rir? "Torciam-se", achavam sempre que os outros eram "de rebentar". Na verdade, elas não riam mais de Raymond que de outro qualquer, porém o mal dele consistia em se imaginar o centro das gargalhadas universais. Aliás, ele tinha uma razão determinada para odiá-las: na véspera da partida dos Basque, Raymond não ousara negar ao cunhado a promessa de montar o cavalo enorme que o tenente deixava na cavalariça. Mas, naquela idade, Raymond, mal se via montado, era sempre presa de vertigem, que o transformava no mais ridículo dos cavaleiros. Certa manhã, as senhoritas Cosserouge o haviam surpreendido numa alameda do bosque, agarrado à lua da sela, e depois rudemente atirado à areia. Ele não as podia ver sem se lembrar das imensas gargalhadas que as moças haviam soltado então; e elas, em todos os encontros, adoravam recordar as circunstâncias da queda.

Que tempestades suscita a mais inocente caçoada num coração jovem, nesse equinócio da primavera! Raymond não distinguia as Cosserouge umas das outras e, no seu ódio, via apenas o bloco das Cosserouge, espécie de monstro gordo com três coques, sempre suando e sempre a rir, sob as árvores imóveis daquela tarde de agosto de 19...

Às vezes ele tomava o bonde, atravessava a fornalha que era Bordeaux, ganhava as docas, onde, na água morta que as nódoas de petróleo manchavam de arco-íris, se debatiam alguns corpos consumidos pela miséria e pelas escrófulas. Esses corpos riam-se, perseguiam-se; e seus pés nus, sobre as pedras do calçamento, lá deixavam leves rastros molhados.

Chegou outubro; findara-se a travessia, Raymond passara o trecho perigoso de sua vida; ia salvar-se, já estava salvo no retorno às aulas, quando os compêndios novos, cujo cheiro sempre lhe fora agradável, lhe ofereciam em quadro sinótico, naquele ano em que ele se tornava filósofo, todos os sonhos e todos os sistemas humanos. Raymond ia ser salvo, e não pelas suas próprias forças. Mas estava próximo o tempo da vinda de uma mulher, aquela mesma que o contempla, esta noite, através da fumaça e dos casais do pequeno bar, e a quem o tempo não alterou a fronte vasta e calma.

Durante os meses de inverno que ele viveu antes desse encontro, Raymond fora presa de um profundo entorpecimento; uma espécie de idiotia o desarmava; inofensivo, ele já não era o eterno punido. Depois das férias, em que o haviam torturado a dupla obsessão da fuga e da morte, ele de boa vontade fazia os gestos ordenados, e a disciplina o ajudava a viver, e ainda apreciava mais a doçura da volta diária, a viagem de todas as tardes de um bairro ao outro. Passada a porta do colégio, Raymond penetrava no segredo do pequeno caminho úmido que ora tinha um cheiro de nevoeiro, ora um hálito de frio seco; ele se habituara igualmente a esses céus tenebrosos, ou varridos e roídos de estrelas, ou cobertos de nuvens alumiadas por baixo pela lua que não se deixava ver; depois era o bonde, assaltado sempre por uma gente vencida, suja, mansa; o grande retângulo amarelo mergulhava num meio-campo, mais iluminado que o *Titanic*, e rolava por entre jardinzinhos trágicos, submersos no fundo do inverno e da noite.

Em casa, ele já não se sentia o alvo de uma perpétua inquirição; a atenção geral voltava-se para o doutor.

— Fico preocupada com ele — dizia madame Courrèges à sogra. — A senhora é feliz, pois não se aflige com facilidade. Tenho inveja de quem tem a natureza como a sua.

— Paul está um pouco esgotado, trabalha demais, é verdade; mas ele tem uma base de boa saúde e isso me tranquiliza.

A nora encolhia os ombros e não procurava compreender o que a velha resmungava com seus botões: "Ele não está doente, mas é verdade que anda sofrendo".

Madame Courrèges repetia:

— Médico não trata de si próprio.

À mesa, ela o espiava; e o marido erguia para a mulher um rosto crispado.

— Hoje é sexta-feira. Costeletas, por quê?

— Você precisa de uma alimentação fortificante.

— Que é que você entende disso?

— Por que você não consulta Dulac? Médico nenhum pode se tratar sozinho.

— Mas afinal, Lucie, por que você quer que eu esteja doente?

— Você não se enxerga, está de fazer medo; todo mundo tem notado. Ainda ontem, já não sei quem me perguntou: "Mas que é que há com o seu marido?". Você deveria tomar algum medicamento... Tenho certeza de que é o fígado...

— Por que o fígado e não outro órgão?
A mulher declarava em tom peremptório:
— Tenho essa impressão.

Lucie tinha a impressão claríssima de que se tratava do fígado e ninguém a tirava disso; e cercava o doutor de apelos mais importunos que moscas:

— Você já tomou duas xícaras de café; vou dizer na cozinha que não encham mais o bule; este é o terceiro cigarro depois do almoço, não proteste; as três pontas estão no cinzeiro.

— A prova de que ele sabe que está doente — dizia Lucie um dia à sogra — é que ontem apanhei-o defronte a um espelho; Paul, que nunca se preocupou com o físico, olhava o rosto bem de perto, passava os dedos pela face; parecia até que procurava alisar as rugas da testa, das frontes; chegou a abrir a boca e olhar os dentes.

A velha madame Courrèges, olhando por baixo dos óculos, observava a nora, como se receasse descobrir, naquele rosto desconfiado, mais que inquietação; suspeita. A velha sentia que o beijo do filho, à noite, era mais acentuado que de antes, e talvez ela soubesse o que significava o peso daquela cabeça de homem, abandonada por um segundo; acostumara-se, desde a adolescência do filho, a adivinhar as feridas que só um ente no mundo — aquele que as provocou — pode curar. Mas a esposa, embora há anos visse magoada sua ternura, só acreditava em males físicos; e, toda vez que o doutor se sentava à sua frente e levava as duas mãos ao rosto doloroso, ela repetia:

— É a opinião de nós todos: você devia consultar Dulac.

— Dulac não vai me dizer nada que eu ignore.

— Você pode auscultar a si próprio?

O doutor não respondia, atento à angústia de seu coração contraído, como que sustido, mal apertado, por uma mão. Ah, claro que ele lhe contava melhor as batidas do que o faria em qualquer outro peito, ainda arquejante do esforço que acabara de se submeter junto a Maria Cross; como é difícil insinuar uma palavra mais terna, uma alusão amorosa, numa palestra com uma mulher cheia de deferência e que impõe ao seu médico um caráter sagrado, a revesti-lo de uma paternidade espiritual!

O doutor revivia as circunstâncias da visita: deixara o carro na estrada real, diante da igreja de Talence, e seguira a pé por um caminho cheio de poças de água. O crepúsculo fora tão rápido que já era noite antes que ele atravessasse a porta. Ao fundo de uma aleia maltratada, uma lâmpada avermelhava as vidraças, no andar térreo de uma casa baixa. Ele não tocara a campainha; criado nenhum o precedera através da sala de jantar e ele entrou sem bater na sala, onde Maria Cross, deitada, não se ergueu; até mesmo, durante alguns segundos, ela continuara a ler. Depois dissera:

— Pronto, doutor, sou toda sua.

E lhe oferecia as duas mãos, afastava um pouco os pés, para que ele pudesse sentar-se na *chaise-longue:*

— Nessa cadeira não, está quebrada. O senhor sabe, aqui é luxo e miséria...

Larousselle instalara Maria Cross naquela casa de campo onde as visitas tropeçavam nos rasgões dos tapetes, em que as pregas das cortinas escondiam os buracos. Às vezes, Maria Cross ficava em silêncio; mas, para que o doutor pudesse tomar a iniciativa de uma conversa favorável à confissão que ele queria fazer, seria necessário que aquele espelho, sobre a *chaise-longue,* não refletisse um rosto tomado pela barba, olhos injetados e estragados pelo microscópio, a fronte que já era calva ao tempo em que Paul Courrèges fazia os exames para interno. Assim mesmo, tentaria sua sorte; a mãozinha pendia, quase tocava o tapete; ele a tomou na sua e disse em voz baixa:

— Maria.

Ela, confiante, não retirou a mão:

— Não, doutor, não tenho febre.

E como sempre ela falava apenas de si, acrescentou:

— Fiz, meu amigo, uma coisa que o senhor vai aprovar: disse ao senhor Larousselle que não precisava mais de carro e que ele podia vender tudo e despedir Firmin. O senhor sabe como ele é: um homem incapaz de compreender um sentimento nobre; riu, achou que pelo capricho de alguns dias não valia a pena "mudar tudo aqui". Mas eu mantenho o que disse e só me sirvo do bonde; ainda hoje voltei de bonde do cemitério. Pensei que o senhor ficaria satisfeito comigo. Sinto-me menos indigna do nosso pequenino morto; sinto-me menos... menos... fraca.

As últimas palavras quase não foram ditas. Os lindos olhos cheios de lágrimas, erguidos para o doutor, imploravam aprovação, humildemente; e ele a deu de imediato, em voz grave e fria, àquela mulher que o invocava sem cessar:

— O senhor que é tão grande... o senhor, o ente mais nobre que encontrei até hoje... cuja simples existência já me faz acreditar no bem...

Ele queria protestar:

— Eu não sou o que você imagina, Maria; sou apenas um pobre homem, devorado pelos desejos como os outros homens...

— O senhor não seria o santo que é — retrucava ela — se não se desprezasse.

— Não, não, Maria: não sou santo! Se você pudesse saber...

Ela o considerava com uma admiração diligente; mas não lhe ocorria inquietar-se como Lucie Courrèges, nem mesmo reparar no seu abatimento. E o culto forçado que lhe votava aquela mulher desesperava o seu amor do médico. Seu desejo era emparedado por aquela admiração. Quando estava longe de Maria, o infeliz se convencia de que não existiam obstáculos que um amor como o seu não pudesse transpor; mas assim que a moça lhe aparecia, respeitosa, aguardando-lhe a palavra, o doutor se rendia à evidência da sua irremediável desventura: nada no mundo poderia alterar o plano de suas relações; Maria não era amante, mas discípula; e ele não era amante, mas diretor. Estender os braços para aquele corpo reclinado, abraçá-la, seria um gesto tão tolo quanto quebrar o espelho da parede. E ele intimamente já tinha a certeza de que ela esperava com impaciência a sua partida. Maria orgulhava-se por interessar o doutor, e, na sua vida decaída, estimava altamente suas relações com aquele homem eminente; mas como ele a aborrecia! Sem pressentir que suas visitas trouxessem tanto enfado a Maria, o doutor sentia que, cada dia mais, seu segredo lhe ia escapando e só o máximo da indiferença da parte da mulher explicava o fato de ela ainda não o haver percebido. Se Maria experimentasse pelo menos um começo de afeição, o amor do médico lhe teria entrado de olhos adentro. Aí, até que ponto uma mulher pode se manter distante de um homem que ela, aliás, estima e venera, e cujo convívio a orgulha — mas que é um homem que a aborrece! Era disto que o doutor tinha uma revelação parcial, embora, mas suficiente para acabrunhá-lo.

Ele se erguera, interrompendo Maria Cross em meio a uma frase; e ela lhe dissera:

— Ah, o senhor não prepara suas saídas! Mas os infelizes o esperam... e eu não quero ser egoísta, guardá-lo só para mim.

Ele de novo atravessara a sala de jantar deserta, o hall; aspirara o hálito do jardim gelado; e, no carro que o levava de volta, recordando o rosto atento e pesaroso de Lucie, já inquietíssima, a espiar, ele repetia consigo: "Antes de tudo, não fazer sofrer. Basta que eu sofra; não fazer sofrer...".

— Esta noite você está ainda mais abatido. Que é que ainda espera para ir consultar Dulac? Se não o faz por si, faça-o por nós. Parece que você só pensa em si mesmo. Que nós não temos nada com isso.

E madame Courrèges tomava como testemunhas os Basque, que saíam de um colóquio em voz baixa para somar docilmente suas súplicas às dela:

— Isso mesmo, meu pai, nós todos desejamos tê-lo entre nós o máximo de tempo possível.

Bastava o som daquela voz detestada para o doutor se sentir envergonhado do sentimento que se levantava dentro de si contra o genro: "E contudo é um bom rapaz... eu sou mesmo imperdoável...". Mas como esquecer as razões que tinha para o odiar? Durante anos, a única coisa, no casamento, que lhe acontecera de acordo com seus sonhos fora ver encostada ao grande leito do casal aquela caminha onde, todas as noites, a mulher e ele olhavam Madeleine adormecida, a filha primogênita. Não se percebia ressonar; um pezinho puro empurrara as cobertas; entre as grades pendia uma mão pequenina, macia e maravilhosa. Era uma criança tão meiga que se podia mimá-la sem perigo; e a predileção do pai a lisonjeava tanto que ela passava horas inteiras a brincar, sem fazer ruído, no gabinete do doutor.

— Vocês dizem que ela não é inteligente — gostava o pai de repetir —, mas é mais do que inteligente.

Anos mais tarde, ele, que sempre detestara sair com madame Courrèges, gostava de que o encontrassem com a menina:

— Pensam que você é minha mulher!

Por essa época, ele escolhera, entre seus alunos, Fred Robinson, o único por quem se sentia compreendido. O doutor já o chamava de filho e esperava que Madeleine fizesse 18 anos para resolver o casamento quando, ao fim do primeiro inverno em que ela começou a frequentar a sociedade, a moça veio prevenir o pai de que estava noiva do tenente Basque. Durou meses a oposição furiosa do doutor, e não foi compreendida nem pela família, nem pela sociedade. Como é que ele podia preferir àquele oficial rico, bem-nascido, de grande futuro, um estudantezinho sem fortuna, saído não se sabia de onde? "Egoísmo de sábio", dizia-se.

As razões do doutor eram por demais particulares para que ele as pudesse explicar aos seus. Logo à sua primeira objeção, viu que se tornava um inimigo para aquela filha querida; o pai se convenceu de que Madeleine se alegraria com sua morte, que ele não era mais, aos olhos dela, senão um velho muro que era necessário por abaixo, para ir ao encontro do macho que a chamava. Para ver claro, para medir o ódio da que fora sua filha predileta, ele exagerava a obstinação. Sua velha mãe, até ela, estava contra o filho, e se acumpliciou com os namorados. Mil intrigas se teciam na própria casa do doutor, para que os noivos pudessem se encontrar sem que ele o soubesse. Quando afinal o Dr. Courrèges cedeu, recebeu na face um beijo da filha; ergueu-lhe um pouco os cabelos, como de antes, para beijá-la na testa.

Continuaram a dizer em casa: "Madeleine adora o pai, sempre foi a preferida dele". E provavelmente até morrer ele escutaria a filha chamá-lo: "Meu papaizinho querido".

Enquanto isso, era preciso tolerar o convívio com aquele Basque. E a antipatia do doutor pelo genro se traía, apesar dos seus imensos esforços para escondê-la.

— É espantoso — dizia madame Courrèges. — Paul tem um genro que pensa como ele a respeito de tudo e, entretanto, não lhe quer bem.

E era isso precisamente que o doutor não podia perdoar ao rapaz, cujo espírito deformante lhe devolvia a caricatura das suas ideias mais queridas. O tenente era daqueles seres cuja aprovação nos esmaga e nos leva a pôr em dúvida as verdades pelas quais daríamos a vida.

— Isso mesmo, meu pai; trate-se por amor de seus filhos e permita que eles tomem partido contra o senhor.

O doutor saiu da sala sem responder. Mais tarde o casal Basque, refugiado no quarto de dormir (território sagrado, a respeito do qual madame Courrèges dizia: "Lá nunca ponho os pés. Madeleine me deu a entender que minha presença lá não lhe era agradável; é uma dessas coisas que não é preciso que me digam duas vezes, que eu sei compreender por meias-palavras"), o casal se despia em silêncio. O tenente, ajoelhado, com a cabeça enfiada nos lençóis, voltou-se de repente e indagou à mulher:

— A propriedade faz parte dos bens adquiridos?
— ...
— Quero dizer, foi comprada por seus pais desde seu casamento?

Madeleine achava que sim, mas não tinha certeza.

— Seria interessante saber, porque no caso de seu pai, coitado... nós teríamos direito à metade.

Calou-se de novo o marido; depois, de repente, indagou a idade de Raymond, e parecia aborrecido por saber que o cunhado tinha apenas 17 anos.

— Que lhe importa isso? Por que você me pergunta?
— Por nada...

Talvez ele pensasse que um menor complica sempre um inventário, pois, levantando-se, disse:

— Por mim, espero que o pobre de seu pai não nos deixe durante alguns anos, pelo menos.

O imenso leito abria-se na sombra, em frente ao casal. Eles o procuravam tal como iam para a mesa ao meio-dia e às 8 horas: o momento de ter fome.

Durante essas mesmas noites, Raymond às vezes despertava: qualquer coisa morna e insulsa lhe escorria pelo rosto, lhe escorria na garganta; com a mão a tatear ele procurava um fósforo: via então o sangue a lhe sair da narina esquerda, manchar-lhe a camisa e os lençóis; levantava-se e, transido, olhava no espelho seu corpo comprido maculado de escarlate, limpava no peito os dedos pegajosos de sangue; divertia-se com o rosto manchado, fingia ser ao mesmo tempo o assassino e o assassinado.

IV

Foi uma noite como qualquer outra — no fim de janeiro, quando já declina o inverno nessa região — que Raymond, no bonde dos operários, espantou-se por encontrar à sua frente aquela mulher. Longe de sofrer por se ver, toda noite, confundido com aquele carregamento humano, ele se persuadia de que era um emigrante; estava sentado entre os passageiros da coberta, e o navio cortava as trevas; as árvores eram os corais; os transeuntes e os veículos, o povo obscuro das grandes profundidades. Travessia por demais breve, durante a qual não seria humilhado; nenhum daqueles corpos seria menos abandonado que o seu, menos maltratado. Quando, às vezes, seu olhar encontrava outro olhar, Raymond não descobria nele a menor zombaria; afinal sua roupa branca era mais limpa do que aquela camisa mal-abotoada por cima de um peito peludo de animal. Ele se sentia à vontade entre aquela gente, longe de desconfiar que bastaria uma palavra para que de repente surgisse o deserto, que separa as classes como separa os seres; o máximo de comunhão possível era certamente alcançado por aquele contato, por aquele mergulho comum num bonde, a cortar o arrabalde noturno. Raymond, tão brutal no colégio, no bonde não repelia a cabeça cambaleante de um rapaz da sua idade, exausto, e a quem o sono abatia o corpo, desatava-o como a um ramo.

Mas, nessa noite, viu diante de si aquela mulher, aquela senhora. Entre dois homens de roupa suja de graxa, ela se sentava, vestida de preto, com o rosto descoberto. Raymond mais tarde perguntava a si próprio por que, sob aquele olhar, ele não sentira logo a vergonha que lhe dava o olhar da última das criadas. Não, vergonha nenhuma, nenhum constrangimento; talvez porque, no bonde, ele se sentia anônimo e não imaginava qualquer circunstância que o pudesse pôr em contato com a desconhecida. Mas, acima de tudo, ele não lhe decifrava na fisionomia nada que se assemelhasse à curiosidade, à zombaria, ao desprezo. E, contudo, como ela o observava! Com a aplicação, o método, de uma mulher que dissesse consigo: "Esse rosto vai me consolar dos minutos miseráveis que é necessário enfrentar num transporte público; posso suprimir o mundo ao redor desse rosto sombrio e angélico. Nada me pode ofender: a contemplação liberta; ele está a minha frente como um país desconhecido; suas pálpebras são as praias devastadas de um mar; dois lagos confusos dormem às margens dos cílios. A tinta que ele tem nos dedos, o colarinho e os punhos encardidos, e o botão que falta — tudo isso é apenas um pouco de terra a sujar o fruto intato, subitamente caído do ramo e que, com mão cuidadosa, tu apanhas".

E ele também, Raymond, cheio de segurança, pois não tinha que temer sequer uma palavra da desconhecida, já que ponto nenhum os ligava um ao outro, contemplava-a com a insistência tranquila que prende nosso olhar a outro planeta... (Como ainda é pura a fronte da mulher! Courrèges a contempla furtivamente, esta noite, banhada de uma luz que não vem do pequeno bar rutilante, que é uma luz de inteligência, que tão raramente toca um rosto de mulher — mas quão emocionante quando a encontramos, e quanto nos ajuda a conceber que Mente, Ideia, Inteligência e Razão sejam palavras femininas!)

Em frente à igreja de Talence a moça ergueu-se, deixando aos homens abandonados apenas seu perfume, e até mesmo esse aroma se dissipou antes que Raymond descesse. Fazia pouco frio nessa noite de janeiro; o adolescente não pensava em correr; já a bruma noturna continha a doçura secreta da primavera que chegava. A terra ainda estava nua, mas já não dormia.

Raymond, absorto, nada viu, naquela noite, na mesa de família, onde, entretanto, jamais seu pai mostrara antes um rosto tão doente; a tal ponto que dessa vez madame Courrèges estava muda: era preciso não se correr o risco de "impressioná-lo", explicou ela depois aos Basque, quando o doutor já subira, em companhia da mãe. Mas Lucie resolvera consultar em segredo o doutor Dulac. O charuto do tenente empesteava a sala; de pé, encostado à lareira, ele repetia:

— Sem medo de errar, minha mãe, é um homem marcado.

Sua palavra, ao mesmo tempo breve e balbuciante, era a palavra de comando e, como Madeleine se opusesse à mãe, dizendo:

— Talvez seja apenas uma crise...

O tenente a interrompeu:

— Oh, não, Madeleine. O caso é grave, sua mãe tem razão.

A mulher ainda arriscou uma objeção e ele exclamou:

— Mas não estou dizendo que sua mãe tem razão! Você não acha bastante?

No primeiro andar, a velha madame Courrèges batera à porta do filho, que estava sentado diante dos livros abertos. Mas evitou fazer-lhe perguntas e, muda, tricotava. Quando ele não pudesse mais suportar o silêncio e o recalque, quando tivesse necessidade de falar, ela estaria ali, pronta para ouvir tudo; mas um instinto seguro a impedia de provocar qualquer confidência. E ele, por alguns instantes, pensou em não mais conter aquele grito que o sufocava; mas teria sido preciso remontar tão longe, retomar toda a cadeia das suas dores, até chegar à dor daquela noite... E como explicar a desproporção entre seu sofrimento e a causa que o fizera nascer? Porque não houvera nada, senão isto; na hora marcada, o doutor correra à casa de Maria Cross; como um criado o preveniu de que a madame ainda não voltara, foi uma primeira angústia; ele, porém, aceitou esperá-la na sala deserta, onde um relógio de pêndulo batia mais devagar que seu coração. Uma lâmpada iluminava as travezinhas pretensiosas do teto; numa mesa baixa, perto do divã, aquela porção de pontas de cigarro num cinzeiro: "Ela fuma demais, está se intoxicando". Quantos livros! Mas não havia nenhum cujas últimas páginas estivessem abertas. O olhar do doutor acompanhava as pregas rotas das grandes cortinas de seda desbotada. E ele repetia: "Luxo e miséria, miséria e luxo...". Olhou o relógio de parede, depois o relógio de algibeira, resolveu que iria embora dentro de um quarto de hora, e então o tempo passou a dar a impressão de que se precipitava. E, para que não lhe parecesse curto demais, o doutor evitou pensar no seu laboratório, na experiência interrompida. Levantara-se e, aproximando-se da *chaise-longue,* pusera-se de joelhos; e após olhar com medo para os lados da porta, enfiou a cabeça entre as almofadas... Quando se ergueu, o joelho esquerdo deu seu estalido habitual. O doutor se deteve diante de um espelho, tocou com o dedo a artéria temporal intumescida e disse a si próprio que alguém que o apanhasse ali o suporia louco. Segundo seu hábito de homem de trabalho, que tudo reduz a fórmulas, falara: "Assim que ficamos sós, somos loucos. Sim, o controle de nós próprios por nós próprios só funciona mantido pelo controle que os outros nos impõem". Ai! E bastara esse raciocínio para esgotar o quarto de hora de misericórdia que se permitira...

Como explicar à velha mãe, que espreita uma confidência, a aflição daquele minuto, a renúncia exigida, o arrancar-se à triste felicidade cotidiana de uma conversa com Maria Cross? O principal não é querer confiar-se, nem mesmo ter junto a si um confidente, seja esse confidente a nossa própria mãe. Quem de nós possui a ciência de resumir a algumas palavras todo um mundo interior? Como destacar, daquele rio a correr, esta sensação e não aquela? Nada se pode dizer quando não se pode dizer tudo. E ademais, aquela velha, sentada ali, que poderá compreender da música profunda do filho e suas dissonâncias dilacerantes? O filho que é de outra raça, já que é de outro sexo... O sexo, que nos separa mais que dois planetas. Diante da mãe, o doutor recorda a sua dor, mas não a descreve. Cansado de esperar por Maria Cross, lembra-se ele de que apanhara o chapéu, quando soaram passos no hall e a sua vida ficou como suspensa. A porta se abrira, não diante da mulher esperada, mas diante de Victor Larousselle.

— O senhor faz mimos demais a Maria, doutor.

Nenhuma suspeita na voz. O doutor sorrira àquele homem impecável, sanguíneo, vestido de bege, a arrebentar de complacência e satisfação.

— Que boa presa para os senhores médicos, esses neurastênicos, esses doentes imaginários... Eh? Não, estou a brincar... nós conhecemos seu desinteresse... Mas tive uma sorte enorme em Maria cair na mão de uma *avis rara* como o senhor. Sabe por que ela ainda não chegou? Madame abriu mão do carro; é seu último capricho. Cá entre nós, acho que ela tem um parafuso frouxo; numa linda mulher, é um encanto a mais, não? Que é que acha, doutor? Este célebre Courrèges! Dá prazer vê-lo! Fique para o jantar. Maria ficará satisfeita; ela o adora. Não? Pelo menos espere que ela volte. Só com o senhor posso falar a respeito de Maria.

"Só com o senhor posso falar a respeito de Maria..." De repente, naquele homenzarrão glorioso, aquela pequena frase dolorida. "Esta paixão", dissera consigo o doutor no carro que o levava de volta à cidade, "escandaliza a cidade e, contudo, é a única coisa nobre que existe naquele imbecil." Com 50 anos, ele descobre que é capaz de sofrer por uma mulher, de quem, entretanto, conquistou o corpo; mas isso já não lhe basta. Além do seu mundo, dos seus negócios, das suas cavalariças, existe agora para ele, fora desse universo, um princípio superior de sofrimento... Talvez nem tudo seja louco na concepção romântica das paixões. Maria Cross! Maria! Dor, dor de a não ter visto, mas principalmente que evidencia o fato de ela não haver sequer pensado em me prevenir! Devo contar muito pouco na vida de Maria; ela renuncia a me ver sem mesmo deter-se a pensar um instante... Eu faço um infinito dos minutos que nada são para ela...

Algumas palavras despertam o doutor: a velha não pode mais suportar o silêncio: ela também acompanhou o declive das suas preocupações secretas, e já não pensa mais na ferida escondida do filho; retorna àquilo que a obceca: as suas relações com a nora:

— Eu faço que não sinto. Nunca respondo senão: "Pois é, minha filha, como queira... como queira!". Não contrario. Depois que Lucie me fez sentir que ela era a dona da fortuna... Graças a Deus, você ganha bastante dinheiro. É verdade que, quando casou, você tinha o futuro e nada mais; e ela, da família Boulassier, d'Elbeuf! Sei bem que as fábricas deles não eram então o que são hoje; assim mesmo, ela poderia ter feito um casamento mais rico: "Quando se tem, se quer mais", como me disse ela mesma, certa vez, a propósito de Madeleine. Enfim, não nos queixemos. Se não fosse o caso da criadagem, as coisas andariam bem.

— O que há de terrível na vida, mamãe, é viver na mesma cozinha dos criados que não têm os mesmos patrões...

O doutor Courrèges tocou com os lábios a testa da mãe, deixou a porta entreaberta para que ela enxergasse e ficou a repetir maquinalmente:

— O que há de terrível na vida...

No dia seguinte ainda durava o capricho de Maria Cross em relação ao carro, pois Raymond, no bonde, viu a desconhecida sentada no mesmo lugar, e os olhos calmos dela retomavam posse do rosto do menino, lhe viajavam ao redor das pálpebras, seguiam a ourela dos cabelos escuros, demoravam-se no clarão dos dentes, entre os lábios. Ele chegou a se lembrar de que não fizera a barba desde a antevéspera, tocou com o dedo a face magra e logo, envergonhado, escondeu as mãos sob a pelerine. A desconhecida baixou os olhos, e ele a princípio não percebeu que, por falta de ligas, uma das meias escorregara e lhe descobria as pernas. Não ousava esticá-la, mas trocou de posição. Contudo, não sofria: o que Raymond odiava nos outros era o riso, o sorriso, embora contido; ele surpreendia o menor frêmito a um canto de boca, sabia o que significava um lábio inferior mordido... Mas aquela mulher o contemplava com uma face estranha ao mesmo tempo inteligente e animal, sim, a face de um animal maravilhoso, impassível, que desconhece o riso. O rapaz ignorava que seu pai muitas vezes brincava com Maria Cross a propósito dessa sua maneira de apoiar o riso ao rosto como uma máscara, que caía de repente, sem que o olhar perdesse o mínimo da sua imperturbável tristeza.

Quando a moça desceu diante da igreja de Talence, e já não vendo senão o couro do assento, um pouco amolgado onde ela se sentara, Raymond não duvidou de que a reveria no dia seguinte; não poderia dar a essa esperança nenhuma razão válida: apenas tinha fé. E essa noite, depois do jantar, o menino levou para o quarto dois jarros de água quentíssima, apanhou a banheira e no dia seguinte levantou-se uma meia hora mais cedo, porque resolvera barbear-se diariamente.

Os Courrèges poderiam observar durante horas o broto de um castanheiro sem nada compreender dos mistérios da eclosão; e, do mesmo modo, não viram no meio aquele prodígio; tal como o primeiro golpe de picareta descobre um fragmento de estátua perfeita, o primeiro olhar de Maria Cross suscitara no estudante um ente novo. Sob o quente olhar de uma mulher, aquele corpo abandonado portou-se como os jovens troncos rugosos de uma floresta antiga e onde, de súbito, move-se uma deusa adormecida. Os Courrèges não viram o milagre, porque os membros de uma família muito unida nunca se veem uns aos outros. Raymond já era, há semanas, um rapaz cuidadoso com sua aparência, convertido à hidroterapia, seguro de agradar e ocupado em seduzir, e sua mãe ainda o considerava um colegial desleixado. Uma mulher, sem dizer palavra, pelo único poder do seu olhar, transformava o filho dos Courrèges, moldava-o novamente, sem que a família descobrisse nele os traços desse encantamento desconhecido.

No bonde, que já não era mais iluminado, à medida que os dias se alongavam, Raymond, de cada vez, ousava um gesto novo: cruzava as pernas, descobria as meias cuidadas e esticadas, os sapatos lustrosos como espelhos (havia um engraxate na Croix de Saint-Genès); já não havia mais razão para que ele escondesse os punhos da camisa; passou a usar luvas; um dia tirou-as, e a moça não pôde deixar de sorrir à vista daquelas unhas por demais rosadas, onde uma manicura trabalhara de rijo; é que, roídas durantes anos, as unhas de Raymond lucrariam mais se ainda não chamassem a atenção. Tudo aquilo não era senão a aparência de uma ressurreição invisível; a bruma amontoada sobre aquela alma dissipava-se pouco a pouco sob a atenção grave da mulher, sempre muda, mas que o costume ia tornando mais familiar. "Ele não era então um monstro e, como os outros rapazes, tinha o poder de captar o olhar de uma mulher, e mais talvez que o olhar!". A despeito do silêncio que havia entre ambos, o tempo sozinho tecia entre eles uma traça que palavra nenhuma, nenhum gesto, poderia tornar mais resistente. Eles sentiam que estava próxima a hora em que trocariam a primeira palavra, mas Raymond nada fazia por apressar a aproximação dessa hora. Muito tímido, bastava-lhe já não sentir o peso das correntes. Chegava-lhe, por ora, a alegria de tornar-se outro homem, de repente. Antes que a desconhecida o fitasse, não era ele, realmente, um colegial sórdido? Nós todos fomos amassados e reamassados por aqueles que nos amaram, e, por menor que tenha sido a tenacidade deles, somos sua obra — obra que, aliás, eles não reconhecem, e que não é nunca a obra com que sonharam. Não há um amor, não há uma amizade que atravesse o nosso destino sem colaborar com ele pela eternidade. O Raymond Courrèges daquela noite, no pequeno bar da rua Duphot, aquele moço de 35 anos, seria um homem diferente se em 19... quando estudante de Filosofia, não visse sentar-se diante de si, no bonde de volta, Maria Cross.

V

O doutor é que estava destinado a ser o primeiro a descobrir o homem novo que nascera em Raymond. Certo domingo da primavera que terminava, sentou-se ele à mesa, mais absorto que de costume, a ponto de mal escutar o rumor de uma rixa entre o filho e o genro. Tratava-se de corridas de touros, pelas quais Raymond tinha paixão; ele partira, naquele domingo, após a morte do quarto touro, para não perder o bonde das 18 horas; sacrifício inútil: a desconhecida não apareceu. "Era domingo, devia ter desconfiado... e tive que perder dois touros..." Assim monologava Raymond consigo, enquanto o tenente Basque pontificava:

— Não compreendo como é que seu pai permite que você assista a essa carnificina.

A resposta de Raymond fez desencadear o tumulto:

— São de morrer de rir, esses militares que têm horror a sangue!

O doutor escutou de súbito:

— Não, mas você não olhou para mim!

— Olho pra você e só vejo um babaca.

— Um babaca? Repita!

Os dois se puseram de pé; a família inteira acorreu. Madeleine Basque gritava para o marido:

— Não responda, não vale a pena. Vindo dele não tem importância.

O doutor suplicava a Raymond que se sentasse:

— Sente-se, coma, e acabemos com isso.

O tenente gritava que o tinham chamado de covarde: madame Courrèges afirmava que Raymond não quisera dizer isso. Afinal, todo mundo se sentara: uma conivência secreta fazia com que todos se empenhassem em apagar o fogo. O espírito de família lhe inspirava uma repugnância profunda por tudo que ameaçava o equilíbrio entre eles. O instinto de conservação inspirava àquela equipagem, embarcada por toda a vida na mesma galera, o cuidado de vigiar para que não se ateasse nenhum incêndio a bordo.

Eis por que o silêncio reinava agora na sala. Uma chuva leve deixou de repente de crepitar sobre os degraus e os odores que ela suscitara banharam a família silenciosa. Alguém se apressou a dizer:

— Já está mais fresco.

E outra voz respondeu que aquela chuva não era nada, que não chegava sequer a acamar a poeira. Enquanto isso, o doutor, estupefato, olhava para aquele filho crescido no qual pensara muito pouco, atualmente, e que sentia dificuldade em reconhecer. Ele próprio, naquele domingo, saía de um longo pesadelo; pesadelo em que se debatera, desde o dia, já longínquo, em que Maria Cross faltara ao encontro e o deixara em colóquio com Victor Larousselle. O dia de domingo que estava a terminar, um dos mais cruéis da sua vida, deixara-o livre, afinal. (Pelo menos assim acreditava.) A salvação viera de uma fadiga imensa, uma lassitude sem nome; na verdade, ele sofrerá demais naquele dia! Não lhe ficava mais desejo nenhum, senão o de dar as costas à batalha, afundar-se na velhice. Já se haviam passado quase dois meses, depois da sua espera vã na sala "luxo e miséria" de Maria Cross, até aquela tarde horrível, em que enfim depusera as armas! Na mesa, agora em silêncio, o doutor de novo esquece o filho e recorda cada circunstância daquela duríssima viagem; ele a refaz em espírito, trecho por trecho.

Seu sofrimento intolerável começara logo no dia seguinte ao encontro falhado, por via desta comprida carta de desculpas:

É um pouco culpa sua, meu querido e grande amigo — dizia Maria, naquela carta lida e relida durante dois meses —, *foi o senhor que me inspirou a ideia de renunciar a este luxo horrível, e do qual me envergonho: sem dispor do meu carro, não consegui chegar em casa a tempo de recebê-lo na nossa hora costumeira. Chego ao cemitério mais tarde; lá, sinto desejos de demorar-me mais; o senhor nem imagina como a Chartreuse é calma ao fim do dia, cheia de pássaros que cantam sobre os túmulos. A mim, parece que meu filhinho me aprova, que está satisfeito comigo. E que recompensa já encontro naquele bonde de operários que me traz de volta! O senhor vai supor que eu me exalto demais; não é verdade; sinto-me feliz por estar ali, na companhia daqueles pobres, da qual não sou digna. Não lhe poderia dizer quanto me agradam essas voltas de bonde. "Alguém" pode me pedir de joelhos que eu aceite voltar no carro que "alguém" me deu, e não consentirei. Meu caro doutor, afinal, que importa se jamais nos virmos? Seu exemplo, seus ensinamentos me bastam; nós estamos para além de qualquer presença física. Segundo tão bem disse Maurice Maeterlinck. "Virá um tempo, que não está longe, em que as almas se avistarão sem o intermédio dos corpos." Escreva-me. Suas cartas me bastam, meu querido diretor de consciência!*

M. C.

Devo continuar a tomar minhas pílulas? E as injeções? Só me restam três ampolas; devo comprar outra caixa?

Mesmo que o não tivesse tão cruelmente ferido, aquela carta desagradaria ao doutor pelo que revelava de complacência, de falsa humildade satisfeita. Conhecendo, como conhecia, os mais tristes segredos dos homens, o doutor professava, em relação a eles, uma mansuetude sem limites. Mas só um vício o exasperava: nos seres decaídos, a habilidade em enfeitar a própria queda. É a derradeira degradação que o homem pode atingir: quando sua sujidão o deslumbra como um diamante. Não que Maria Cross estivesse acostumada a tal mentira. Ela começara mesmo por seduzir o doutor pela paixão de ver claro em si própria e não embelezar nada. Insistia mesmo, de bom grado, acerca da nobreza da mãe, que ficara viúva ainda jovem e, pobre professora na sede da comarca, lhe proporcionara, dizia ela, um exemplo admirável:

— Mamãe lutou muito para pagar as despesas com os meus estudos no Liceu. Sonhava mesmo em me ver aluna de Sèvres. E, antes de morrer, teve a alegria de assistir ao meu casamento, muito bom. Seu genro Basque conheceu bem o meu marido, que era major-ajudante no regimento onde ele servia. E meu mari-do me adorava, me fazia muito feliz. Depois que ele morreu, eu mal tinha com que viver com o meu filhinho, mas poderia ter me aguentado; não foi a necessidade que me perdeu, foi talvez uma coisa vilíssima: o desejo de uma bela posição, a certeza de que acabaria me casando... E agora, o que ainda me retém junto a "ele" é a covardia de recomeçar a luta, diante do trabalho, da labuta mal paga... — Muitas vezes, depois dessas primeiras confidências, o doutor a ouvira humilhar-se, condenar-se sem misericórdia. Por que, de repente, aquele detestável prazer em louvar-se a si própria? E contudo ainda não era isso, na carta, que mais cruelmente o atingia; e ele se atormentava porque mentia para si mesmo e não ousava sondar a outra ferida ainda mais profunda, a única ferida insuportável: Maria não o desejava mais ver. Encarava com alegria a separação. Ah, a frase de Maeterlinck, a respeito das almas que se poderão perceber sem o intermédio dos corpos, quantas vezes a escutou dentro de si, enquanto um cliente contava seu caso com minúcias sem-fim, ou enquanto um examinando, tonto, gaguejava sem saber o que é uma hemoptise! Claro, ele fora louco em imaginar que uma rapariga tivesse prazer especial com sua presença. Louco, louco! Mas qual raciocínio pode nos defender dessa dor insuportável, quando a criatura adorada, cuja proximidade é necessária à nossa vida, mesmo física, se resigna, com o coração indiferente (e talvez satisfeito), à nossa eterna ausência? Nós não somos nada para aquela que é tudo para nós.

O doutor fez, durante esse período, um grande esforço para superar.

— Apanhei-o novamente diante do espelho — repetia madame Courrèges. — Ele está começando a se impressionar.

O doutor sabia que nenhum outro espetáculo o poderia predispor melhor para a calma, a serenidade do desespero total, que a visão do seu rosto miserável de quinquagenário fatigado. Não pensar em Maria senão como numa pessoa morta, esperar ele próprio a morte, duplicando a dose de trabalho — sim, punir-se, matar-se, alcançar a libertação graças ao ópio de um labor de possesso. Mas ele, que se escandalizava quando os outros mentiam para si próprios, enganava-se ainda: "Maria tem necessidade de mim; tenho que me dedicar a ela como a qualquer outro doente...". E escreveu à rapariga dizendo que considerava necessário continuar a acompanhar seu caso, que ela evidentemente tinha razão em usar o bonde; mas por que sair todos os dias? Pedia-lhe que lhe indicasse um dia em que ficasse em casa. Ele obteria um tempo livre para visitá-la na hora costumeira.

Durante uma semana inteira aguardou resposta. Todas as manhãs, bastava um olhar para o monte de anúncios, de jornais: "Ela ainda não escreveu". E fazia cálculos: "Pus a minha carta no correio sábado; domingo só fazem uma distribuição. Ela só a deve ter recebido na segunda-feira. E mesmo que tenha esperado dois ou três dias para responder... será de admirar se hoje eu não receber resposta. A partir de amanhã, poderei começar a me aborrecer...".

Uma noite, afinal, ao voltar, exausto, encontrou a carta:

...Minha visita ao cemitério é para mim uma obrigação sagrada. Tenho o propósito de cumprir essa peregrinação, qualquer que seja o tempo. E é na hora do crepúsculo que me sinto mais próxima do nosso anjinho. Parece-me que ele sabe a hora da minha chegada, que ele me espera. É absurdo, bem sei: mas o coração tem suas

razões, como diz Pascal. Sinto-me feliz, apaziguada, quando afinal tomo o bonde das 18 horas.

O senhor sabe que é um bonde de operários? Mas isso não me faz medo; afinal, venho de muito perto do povo; e por me ter separado dele, em aparência, não me terei aproximado ainda mais, de outra maneira? Olho para aqueles homens; parecem-me tão solitários quanto eu própria — como lhe explicar? —, tão desenraizados quanto eu, tão desclassificados quanto eu. Minha casa é mais luxuosa que a deles, mas não passa também de uma casa de cômodos. Nada é meu, como nada é deles... Nem mesmo os nossos corpos... Por que o senhor não passa lá em casa mais tarde, quando volta do trabalho? Sei que não gosta de encontrar o senhor Larousselle, mas posso preveni-lo de que o preciso ver a sós; basta que, após a consulta, troquem algumas frases polidas. O senhor se esqueceu de dar resposta a respeito das pílulas e das injeções.

O doutor, num rompante, rasgara a carta e jogara fora os pedaços. Depois, ajoelhado, recolheu os fragmentos e ergueu-se penosamente. Então, ela não sabia que ele não podia tolerar a presença de Larousselle? Não havia, naquele homem, coisa alguma que não lhe parecesse odiosa; ah, era da mesma espécie do Basque... o beiço grosso sob os bigodes tintos, as bochechas, a silhueta quadrada, proclamavam uma inalterável complacência consigo próprios. As largas coxas sob o sobretudo eram a imagem de uma satisfação infinita. E como Larousselle enganara Maria Cross com o que havia de mais baixo, dizia-se em Bordeaux "que ele tinha Maria Cross para exibição". O doutor era praticamente o único a saber que Maria era a paixão do gordo bordelês, sua derrota secreta, que o matava de fúria. Mas, fosse como fosse, ele a comprara, era o único a possuí-la — aquele imbecil! Quando enviuvou, talvez tivesse casado com Maria, se não fosse o filho, herdeiro único da casa Larousselle, que um exército de amas, preceptores, padres, preparava para seus augustos destinos. Impossível expor aquela criança ao contato de tal mulher, nem lhe legar um nome diminuído por um casamento inferior.

— Que quer que eu lhe diga, meu pai — repetia Basque, muito cioso das grandezas da sua cidade. — Acho esses sentimentos nobilíssimos. Larousselle tem fibra, é decentíssimo, é um *gentleman*: disso não há dúvida.

Maria, que conhecia a repugnância que o doutor sentia por aquele homem, como ousava marcar-lhe um encontro justamente numa hora em que ele não poderia evitar ver-se cara a cara com o objeto de sua execração? Chegou a se persuadir de que ela premeditara esse encontro para se desfazer dele. Depois de escrever e rasgar, durante várias semanas, as cartas mais furiosas e mais loucas, acabou por lhe mandar uma carta curta e seca, na qual lhe expunha que, uma vez que ela não concordava em ficar em casa uma única tarde, era sem dúvida porque passava excelentemente, e não necessitava mais de que ele a tratasse. Na volta do correio ela lhe mandou quatro páginas de desculpas e de protestos, e o prevenia de que o esperaria o dia todo, depois de amanhã, que era domingo:

...O senhor Larousselle irá às corridas de touros; e ele sabe que não gosto nada dessa espécie de espetáculos. Venha lanchar comigo. Esperá-lo-ei até as 17h30.

Nunca o doutor recebera dela uma carta tão pouco sublime e que falasse menos de saúde e tratamento; releu-a várias vezes e, de quando em quando, a tocava no bolso, persuadido de que esta aventura não seria como as demais e que ele poderia declarar sua paixão. Mas, como aquele homem de ciência observara que seus pressentimentos não se realizavam nunca, ficava a repetir para si próprio: "Não, não; não é um pressentimento... não há nada que não seja lógico na minha expectativa: eu lhe escrevi uma carta irritada, à qual ela respondeu com amizade; portanto, depende de mim que as primeiras palavras deem à conversa um jeito mais íntimo, mais confidencial...".

No carro, entre o laboratório e o hospital, ele figurava como ia ser o encontro, não se cansava de fazer as perguntas e as respostas. O doutor era desses imaginativos que nunca leem romances, porque nenhuma obra de ficção ganha das que eles inventam e nas quais têm o papel principal. E mal assinava a receita, ainda na escada da casa do cliente, já, como um cão que vai apanhar o osso que enterrou, voltava às suas imaginações, das quais às vezes se envergonhava, e onde aquele tímido experimentava o prazer de fazer curvar os seres e as coisas, de acordo com sua vontade onipotente. No domínio espiritual aquele escrupuloso não conhecia barreiras, não recuava diante de pavorosos massacres — chegando a suprimir em espírito toda a família, a fim de criar para si uma existência diferente.

Durante os dois dias que antecederam seu encontro com Maria Cross, se ele não pensou em afastar as sugestões dessa espécie, foi porque, no episódio que inventava para seu prazer, não era necessário suprimir ninguém, simplesmente romper com a esposa, como o vira fazer por alguns confrades, sem nenhum outro motivo senão o tédio morno que lhe dava a vida com ela. Quando se tem 52 anos, ainda há tempo para se saborear um pouco de felicidade, talvez envenenada por remorsos — mas aquele que não tem nada, por que há de resistir até mesmo a uma sombra de alegria? Sua presença não contribuía sequer para tornar feliz a mais amarga das esposas... Sua filha, seu filho? Já havia muito tempo o doutor renunciara a ser amado por eles. A ternura dos filhos, ah, desde o noivado de Madeleine, ele sabia o que valia o amor da filha; quanto a Raymond, o inacessível não merece sacrifícios.

O doutor sentia bem que aquela imaginação, em que se comprazia, era diferentíssima dos seus devaneios costumeiros. Mesmo quando liquidava de um golpe só toda a família, claro que sentia um pouco de vergonha, mas nenhum remorso — talvez um sentimento de ridículo: tratava-se de um jogo superficial, no qual não estava interessado o seu eu mais profundo. Não, ele jamais pensara em que seria um monstro, e não se supunha diferente dos outros homens, que, a seu ver, eram todos loucos, assim que se viam a sós consigo próprios, e fora do controle alheio.

Mas, durante as 48 horas que viveu na espera daquele domingo, sentiu bem que com todas as forças se prendia a um sonho e que esse sonho se tornava uma esperança. Escutava no coração a ressonância da sua conversa próxima com aquela mulher, e chegara ao ponto de já não poder imaginar que outras palavras pudessem ser ditas entre eles, senão aquelas que inventava. Retocava o cenário, incessantemente, cuja parte fundamental era contida no seguinte diálogo:

— Nós dois estamos no fundo de um beco sem saída, Maria. Nós só temos dois recursos: ou morrer de encontro ao muro, ou voltar atrás. Você não poderia amar, já que nunca amou. Só lhe resta entregar-se ao único homem capaz de não lhe exigir nada em troca do seu afeto.

Nesse ponto ele supunha escutar os protestos de Maria:

— O senhor está louco! E sua mulher? E seus filhos?

— Eles não precisam de mim. Um enterrado vivo tem o direito de levantar a pedra que o sepulta. Você não seria capaz de medir o deserto que me separa daquela mulher, daquela filha, daquele filho. As palavras que eu digo a eles nem sequer os alcançam. Os animais, quando os filhotes crescem, os expulsam. E, aliás, na maioria dos casos, os machos nem os reconhecem. Os sentimentos que sobrevivem à função foram inventados pelos homens. O Cristo bem o sabia, ele que exigiu ser preferido a todos os pais e a todas as mães e que se glorificou por ter vindo separar a esposa do esposo e os filhos daqueles que os deram ao mundo.

— O senhor não pretende ser Deus.

— Não sou para você a imagem de Deus? Você não me deve o amor de uma certa perfeição? (Aí o doutor se interrompia: Não, não, nada de introduzir metafísica!)

— Mas e sua carreira, e seu emprego, seus doentes? Toda a sua vida de benemerência... pense no escândalo...

— Se eu morresse, teriam que passar sem mim. Quem é indispensável? E, afinal, trata-se mesmo de morrer, Maria: morrer à pobre vida prisioneira e necessitada, para renascer com você. Minha mulher ficará com a fortuna que lhe pertence. E não terei dificuldade em manter você: ofereceram-me uma cátedra em Alger e outra em Santiago... Deixarei aos meus filhos o que pude economizar até agora...

Nesse ponto da cena imaginária, o carro parava diante do hospital; o doutor lá entrava, com o ar ainda ausente, com os olhos de um homem que sai de um encantamento desconhecido. Terminada a visita, retornava ao sonho, cheio de secreta avidez, repetindo a si próprio: "Sou um louco... e entretanto...". Ele conhecia, entre os colegas, alguns que haviam realizado esse lindo sonho. É verdade que uma vida anterior desordenada preparara a opinião pública ao escândalo; e toda a cidade se acostumara a dizer que o doutor Courrèges era um santo. Mas qual! Justamente porque usurpara essa reputação, que libertação não lhe sentir mais o peso imerecido! Ah, ser enfim desprezado! Então ele saberia dizer outras palavras a Maria Cross, em vez de encorajamentos para o bem e conselhos edificantes; ele seria o homem que ama uma mulher e a conquista com violência.

Nasceu, afinal, o sol daquele domingo. O doutor costumava, nesse dia, fazer apenas as visitas indispensáveis, sem passar pelo consultório que tinha na cidade, sempre cercado pelos pacientes, mas que ele só ocupava três vezes por semana, para as consultas. Tinha ele horror àquela sala térrea de uma casa inteiramente ocupada por escritórios, lá, dizia, seria incapaz de ler ou escrever sequer uma linha. Como em Lourdes, onde os mais miseráveis ex-votos têm seu lugar, o doutor reunira entre as quatro paredes do consultório tudo com que o cumulara a sua clientela reconhecida. Depois de odiar aqueles bronzes artísticos, aquelas terracotas austríacas, aqueles cupidos em poeira de mármore comprimida, aqueles *biscuits,* aqueles barômetros calendários, ele chegara ao ponto de sentir certo amor por seu horrível museu, e de se regozijar quando recebia uma "obra de arte" de feitura mais singular. "Evitem principalmente as antiguidades", diziam uns aos outros os clientes preocupados em agradar ao doutor Courrèges.

Naquele domingo, em que estava convencido de que o encontro com Maria Cross iria mudar seu destino, o doutor concordara, entretanto, em receber, às 15 horas, no seu consultório, um homem de negócios neurastênico e que não podia dispor de uma única hora vaga na semana. O doutor se resignara a essa consulta: assim, poderia sair, mal acabado o almoço, e usar os últimos minutos que precediam o momento ardentemente esperado e temido. Não pediu o carro, nem tentou subir nos bondes cheiíssimos: cachos humanos se agarravam aos balaústres, pois havia um jogo de rugby, e era a primeira "corrida" do ano: os nomes de Algabeno e Fuentes brilhavam em cartazes amarelos e vermelhos. Embora a tourada só devesse começar às 16 horas, a multidão, nas plácidas ruas de domingo, com as lojas fechadas, já corria para as arenas. Os rapazes usavam chapéus de palha com fitas de cor, chapéus de feltro cinza que eles supunham espanhóis, e riam numa nuvem de fumo de cigarro. Os cafés sopravam para a calçada seu fresco hálito de absinto. O doutor não se lembrava de ter nunca vagueado assim em meio à turba, sem outra preocupação além de matar as horas que o separavam de um determinado instante. Como parecia estranho, àquele homem sobrecarregado de trabalho, ver-se assim desocupado! Ele não sabia mais ficar sem fazer nada, quis pensar em certa experiência iniciada, mas só podia ver em si Maria Cross reclinada, a ler.

De repente, foi-se o sol e o povo inquieto pôs-se a olhar uma nuvem pesada no céu. Alguém declarou que sentira um pingo de chuva. Mas o sol brilhou de novo. Não, a tempestade não rebentaria antes que o último touro deixasse de sofrer.

Talvez, pensava o doutor, as coisas não se iriam passar exatamente como ele o imaginara; mas o que era certo — matematicamente certo, era que não deixaria Maria Cross sem que ela conhecesse seu segredo: a questão seria apresentada, afinal! Duas horas e meia... uma hora ainda, a matar, antes da consulta. No fundo do bolso, o doutor tocou na chave do laboratório. Não, mal chegasse lá, teria que partir. A multidão moveu-se como se fosse presa de uma súbita ventania. "Lá estão!", em velhas vitórias, cujos cocheiros mostravam-se sórdidos e gloriosos, apareceram os matadores resplandecentes nas suas *quadrillas*. O doutor admirava-se por não descobrir nada de baixo naqueles duros rostos emaciados: o estranho clérigo vermelho e ouro, violeta e prata! De novo uma nuvem matou a luz, e eles ergueram as faces pálidas para o azul desbotado do céu. O doutor cortou a multidão e passou a seguir por estreitas ruas desertas. Reinava um frescor de adega no seu consultório, onde mulheres em terracota e alabastro sorriam sobre colunas de malaquita. A batida de um relógio antigo era mais lenta do que a de um relojinho de pêndulo em falso Delft, no centro de uma mesa grande, onde uma mulher *modern style*, prensava papéis com o seu traseiro pousado sobre um bloco de cristal. Aquelas figuras pareciam cantar em coro o título da revista que o doutor acabava de decifrar em todas as esquinas da cidade: *Só isso é que é bom!* — inclusive o touro em imitação de bronze, que encostava o focinho na vaca. O doutor lançou um olhar admirado à sua coleção e disse a meia-voz:

— A época mais baixa da espécie humana.

Empurrou uma persiana e empoeirou um raio de fogo. Percorreu a sala, a esfregar as mãos.

— Não preciso preparar o terreno; mas as primeiras palavras devem fazer alusão ao meu desespero quando supus que ela não queria mais me ver. Maria se espantará; e direi que não posso mais viver sem ela, e então, talvez, talvez...

Escutou a campainha, foi ele próprio abrir, e fez entrar o cliente. Ah, aquele ali não lhe interromperia o devaneio; bastava deixá-lo à solta: um neurastênico que só parecia pedir aos médicos a paciência de escutá-lo. Decerto tinha dos médicos uma concepção mística, pois não recuava diante de nenhuma confidência, mostrava a sua ferida mais secreta. O doutor já retornara em espírito para junto de Maria Cross: "Sou um homem, Maria, um pobre homem de carne como os outros. Ninguém pode viver sem felicidade; estou a descobrir isto tarde demais — mas será tarde demais para você me acompanhar?". E como o cliente acabara de falar, o médico, com aquele ar de dignidade, de nobreza, que todos admiravam, declarou:

— O senhor precisa, antes de tudo, ter fé em sua força de vontade. Se o senhor não acreditar que é livre, não poderei ajudá-lo em nada. Toda a nossa arte naufraga de encontro a uma ideia falsa. Se o senhor se acredita a presa impotente das suas hereditariedades, que espera de mim? Antes de ir mais longe, exijo um ato de fé no seu poder de dominar em si todas as feras que não sejam o senhor próprio.

Enquanto o outro o interrompia com vivacidade, o doutor, que se erguera e se aproximara da janela, fingia olhar, entre as persianas semicerradas, a rua vazia. Sentia até o horror a sobrevivência dentro de si das palavras mentirosas que correspondiam a uma fé morta. Como nós recebemos a luz de um astro morto há séculos, as almas ao seu redor escutavam o eco de uma fé que ele perdera. O doutor voltou à mesa, descobriu que o relojinho em falso Delft marcava 16 horas e despediu o cliente.

— Tenho bastante tempo — dizia o doutor consigo, quase a correr pela calçada.

Ao atingir a praça da Comédie, viu o bonde tomado de assalto pelo povo que saía dos cinemas. Nem um único fiacre. Teve que entrar na fila e, enquanto isso, não parava de consultar o relógio: habituado ao seu próprio carro, calculara mal o tempo. Tentava tranquilizar-se: na pior das hipóteses, teria um atraso de meia hora; isso não é nada para um médico. Maria sempre o esperara... Sim, mas na carta, ela escrevera: até 17h30... e já eram 17 horas!

— Olhe lá! Não empurre, faz favor! — dizia uma senhora espessa e furiosa, cujo enfeite de plumas lhe fazia cócegas no nariz. No bonde cheiíssimo, pavorosamente quente, ele lamentou haver vestido a jaqueta e, transpirando, teve receio de ficar com o rosto sujo e cheirar mal.

Dezoito horas ainda não haviam soado quando o doutor desceu defronte à igreja de Talence. A princípio, apressou o passo, depois, louco de inquietação, pôs-se a correr, embora lhe desse uma dor no coração. Uma nuvem de tempestade escurecia o céu. O último touro deveria sangrar sob este céu sombrio. Entre as grades dos jardinzinhos, poeirentos ramos de lilás esperavam a chuva como mãos estendidas. O doutor corria sob as gotas mornas e espaçadas, à procura da mulher que já avistava reclinada na *chaise-longue*, e que não afastava imediatamente os olhos de um livro aberto... Mas, ao aproximar-se do portal, viu-a subitamente saindo. Detiveram-se os dois. Ela estava sem fôlego: correra, como ele.

E Maria disse, num tom imperceptivelmente amuado:

— Eu tinha lhe escrito: 17h30.

O doutor a envolvia com um olhar lúcido:

— Você tirou o luto.

Maria olhou seu vestido de verão e respondeu:

— E lilás não é mais meio-luto?

Como já era tudo diferente do que ele imaginara! Uma imensa covardia lhe inspirou estas palavras:

— Já que você não me esperava mais e talvez estejam a sua espera, ficará para outra vez.

Maria respondeu em tom vivo:

— Quem o senhor quer que me espere? O senhor é engraçado, doutor.

E ela voltava para casa e ele a acompanhava; Maria deixava que se arrastasse na poeira seu vestido de tafetá lilás; e ao abaixar a cabeça, o doutor via-lhe a nuca. Pensava ela que, se marcara encontro com o doutor para o domingo, era na convicção de que o menino desconhecido não tomaria, naquele dia, o bonde das 18 horas.

Mas assim mesmo, louca de alegria e esperança porque o doutor não viera na hora marcada, correra, arriscando, e a *dizer* consigo:

— Talvez haja uma probabilidade em mil de que ele tenha tomado o bonde de costume, por minha causa... Ah, não quero perder essa alegria... — Ai dela, jamais saberia se o menino desconhecido, naquele domingo, estaria triste no bonde das 18 horas, porque não a via. A chuva pesada esmagava-se sobre os degraus da escada que a moça subiu às pressas, escutando atrás de si o resfolegar do velho. Ah, como são importunos esses seres pelos quais nosso coração não se interessa, que nos escolheram e que não escolhemos! Tão fora de nós, de quem não queremos saber nada, cuja morte nos seria tão indiferente quanto a vida... e ainda são esses que nos enchem a existência.

Atravessaram a sala de jantar, ela abriu as venezianas da sala de visitas, tirou o chapéu, reclinou-se, sorriu ao doutor que procurava desesperadamente algum retalho das frases preparadas. E Maria disse:

— O senhor está sem fôlego... Fi-lo correr depressa demais.

— Não sou tão velho assim.

E ele ergueu os olhos, como fazia sempre, para o espelho que ficava por cima da *chaise-longue*. Ora vamos, será que ainda não se conhecia? Por que, de cada vez, essa pancada no coração, esse estupor desolado, como se esperasse ver no espelho sua juventude a lhe sorrir? E já indagava:

— E a saúde? — no tom paternal e um pouco grave que tomava sempre que falava com Maria Cross.

Ela nunca passara tão bem de saúde, e, ao declarar ao doutor, sentia um prazer que a pagava da sua decepção. Não, o menino desconhecido hoje, domingo, não deveria estar no bonde. Mas amanhã, amanhã lá estaria sem dúvida, e ela já se voltava toda para essa alegria futura, para essa esperança todos os dias decepcionada e renascente — de que talvez se passasse algo de novo, e que ele afinal lhe dirigisse a palavra.

— Você pode, sem inconveniente, interromper as injeções.

— E o doutor olhava no espelho sua barba rala, a fronte árida, e recordou as palavras ardentes que preparara.

— Já durmo bem, não me aborreço mais, imagine, doutor, entretanto não tenho o menor desejo de ler. Não consigo chegar ao fim do *Voyage de Sparte*. Pode levá-lo de volta.

— Continua a não se avistar com ninguém?

— Acha o senhor que sou mulher a me envolver, de repente, com as amantes desses cavalheiros. Eu que até agora fugi delas como da peste? O senhor sabe bem que sou a única da minha espécie em Bordeaux: não quero intimidades com ninguém.

Sim, ela o dissera sempre, mas como uma queixa, e nunca com um ar tão tranquilo, tão feliz. O doutor compreendia que aquela flama não se alongava mais para o céu, já não ardia em vão, e encontrara perto da terra um alimento dele desconhecido. E não pôde se conter — disse em tom agressivo que, se ela não se avistava com as amantes, avistava-se às vezes com os cavalheiros. Sentiu-se, então, corar, prevendo que a conversa poderia tomar o tom que tão ardentemente desejara; e, com efeito, Maria perguntou rindo:

— Ah, esta não, doutor! Será que o senhor tem ciúmes? Não é que ele está a me fazer uma cena de ciúmes? Ah, acalme-se, estou brincando — acrescentou ela logo —, sei quem o senhor é.

Como duvidar que ela quisera realmente rir, que nem sequer poderia imaginar o doutor a experimentar um sentimento assim? E o observava, inquieta:

— Não o magoei?

— Sim, Maria, magoou-me.

Maria porém não compreendeu de que mágoa quereria o doutor falar, e fez protestos de respeito, de veneração: Ele não se abaixara até ela? Não se dignara, às vezes, elevá-la até a si? E com um gesto tão falso quanto a frase que acabava de dizer, segurou a mão do médico e a levou aos lábios.

Ele puxou a mão bruscamente. Maria Cross, ofendida, levantou-se, aproximou-se da janela e pôs-se a olhar o jardim afogado na chuva. O doutor levantou-se também. E ela lhe disse sem se voltar:

— Espere o fim da chuvarada.

O doutor ficou de pé, no salão escuro. Como homem metódico que era, empregava aquele minuto para arrancar de si qualquer desejo, qualquer esperança. Bem, estava acabado, sim; tudo que tocasse aquela mulher não lhe dizia mais respeito; ele estava fora do jogo. Sua mão, no vazio, fez um gesto de abrir caminho. Maria voltou-se para lhe gritar:

— Parou a chuva.

E, como ele ficara imóvel, ela acrescentou que não era para mandá-lo embora, mas que ele faria bem em não deixar passar a estiada. Ofereceu-lhe um guarda-chuva, que ele a princípio aceitou, depois recusou, pois se irritara ao pensar: "Terei que devolvê-lo. Será uma oportunidade de voltar".

Não sofria mais; gozava a tempestade que findava, pensava em si próprio, ou antes naquela parte de si próprio como num amigo cuja morte se aceita, supondo-se que ele já não sofre mais. A partida fora jogada e perdida; não podia mais voltar atrás; só o que deveria ter importância agora era o trabalho. Ontem lhe haviam telefonado do laboratório informando-o que o cão não sobrevivera à ablação do pâncreas. Robinson poderia procurar outro no canil? Os bondes passavam cheios de uma multidão exausta e canora; o doutor, porém, gostava de passear por aquele arrabalde cheio de lilases, e que tinha um perfume de campo verdadeiro, por causa da chuvarada, do crepúsculo. Acabara o sofrimento; acabara aquele atirar-se como um possesso contra as paredes da sua masmorra. Recuperava e recalcava para o mais profundo do seu ser aquela força poderosíssima que, desde a infância, a proximidade de outras criaturas expandira para longe de si. Renúncia total. Apesar dos painéis de anúncios, dos trilhos brilhantes, apesar dos ciclistas curvados sobre o guidom onde se viam atados ramos de lilases murchos, o subúrbio se transformava em campo, os bares se tornavam em albergues cheios de carreiros que novamente partiriam, ao clarão do luar. E eles marchariam a noite inteira, como defuntos, deitados nas carroças, de rosto voltado para as estrelas. À porta das casas, meninos que já eram camponeses brincavam com besouros preguiçosos. Não bater mais contra a parede. Já havia quantos anos ele se habituara a essa melancólica violência? Revia-se a soluçar (já fazia quase meio século) à cabeceira da mãe, certa manhã de retorno às aulas, e ela lhe gritava: "Não tens vergonha de chorar, menino preguiçoso, menino imbecil?". E a mãe não sabia que só havia nele uma coisa: o desespero de separar-se dela. E depois... O doutor novamente esboçou o gesto de afastar, de empurrar as coisas para longe. E disse consigo: "Vamos ver se amanhã de manhã...", e como quem toma uma injeção de morfina, inoculou-se com a sua preocupação cotidiana: o cão morto... recomeçar tudo... Mas a esta hora já não deveria ter anotado fatos suficientes para que sua hipótese se confirmasse? Quanto tempo perdido! Que vergonha! Ele, ciente de que cada gesto seu no laboratório era do interesse do gênero humano, quantos dias desperdiçara! A ciência exige que a sirvam com paixão e não tolera partilhas: "Ah, nunca passarei de um meio sábio". O doutor supôs ver um incêndio entre os ramos, e era a lua que nascia. Apareceram as árvores que escondiam a casa em que se reuniam aqueles a quem ele tinha o direito de chamar "os meus". Quantas vezes, já, ele traíra o juramento, que agora renovava no coração: "A partir de hoje, farei Lucie feliz". E apressava o passo, impaciente por provar que, desta vez, não falharia. Tentou recordar seu primeiro encontro com ela, vinte e cinco anos atrás, num jardim de Arcachon, encontro arranjado por um dos seus colegas. Mas o que o doutor descobria em si não era a noiva daqueles tempos longínquos, aquela pálida fotografia desbotada. O que viu foi uma mulher que aliviara o luto, louca de alegria porque ele se atrasara, e que corria para outro... que outro? O doutor sentiu uma dor aguda, deteve-se um segundo, e de repente pôs-se a correr para aumentar a distância que o separava daquele ser a quem Maria Cross amava; e, na verdade, sentia alívio, como se cada passo não o aproximasse, realmente, do rival desconhecido... Foi contudo naquela noite que, mal entrara na sala de jantar, no momento em que Raymond e o cunhado iniciavam a rixa, que o doutor percebeu o desabrochar, a súbita primavera no estranho que ele dera ao mundo.

A família deixava a mesa; as crianças ofereciam a testa aos lábios distraídos dos adultos e se dirigiam para o quarto, acompanhadas pela mãe, pela avó, pela bisavó. Raymond aproximara-se da porta da sacada. O doutor chocou-se com o gesto do filho de apanhar um cigarro numa cigarreira de couro, pô-lo na boca, acendê-lo; um botão de rosa lhe pendia à lapela, as calças tinham o vinco de estilo. O doutor pensou consigo: "É espantoso como ele se parece com meu pobre pai!". Sim, era o retrato do cirurgião que, até perto dos 70 anos, dilapidara com mulheres a fortuna que a profissão lhe proporcionara. Fora ele o primeiro a introduzir em Bordeaux os benefícios da antissepsia; jamais prestara a mínima atenção ao filho, a quem só chamava "o menino", como se não lhe recordasse o nome. Uma mulher o trouxera para casa, certa noite, com a boca torcida e a babar; não lhe encontraram o relógio, a carteira, nem o anel de brilhantes que usava no dedo mínimo. "Só herdei dele um coração capaz de apaixonar-se, mas sem o dom de agradar... O neto será o herdeiro."

E o doutor pôs-se a olhar Raymond que se voltava para o jardim — aquele homem que era seu filho. No fim do seu dia de febre, gostaria de confiar-se, ou antes, enternecer-se; perguntar ao filho: "Por que não nos falamos nunca? Você acha que eu não o compreenderia? Existe distância tão grande entre um pai e um filho? Que valem os 25 anos que nos separam? Tenho o mesmo coração dos meus 20 anos, e você nasceu da minha semente: há muitas probabilidades de que tenhamos inclinações, repugnâncias, tentações comuns... Quem romperá em primeiro lugar o silêncio que há entre nós?! O homem e a mulher, por mais afastados que estejam um do outro, aproximam-se num abraço. E a mãe pode puxar para si a cabeça do filho adulto e lhe beijar os cabelos; mas o pai não pode nada, afora o gesto que o doutor Courrèges ousou, pondo a mão no ombro de Raymond, que estremeceu e voltou-se. O pai afastou os olhos e indagou:

— Ainda está chovendo?

Raymond, de pé à porta, estendeu o braço para a noite:

— Não, não chove mais.

E acrescentou, sem voltar a cabeça:

— Boa noite... — e o rumor dos seus passos foi diminuindo.

Madame Courrèges sentiu-se estupefata porque o marido a convidou para dar um passeio pelo jardim. E ela disse que ia apanhar um xale. O doutor escutou-a subir, depois descer, com uma pressa desacostumada.

— Segure o meu braço, Lucie. A lua está escondida e não se enxerga nada...

— Mas o caminho é claro.

E como a esposa se amparava nele, o doutor percebeu que a carne de Lucie tinha o mesmo perfume de outrora, quando eram noivos, e ficavam sentados em um banco, nas compridas noites de junho... era o próprio perfume do noivado, aquele cheiro de carne e de sombra.

O marido perguntou a Lucie se não observara a grande mudança operada no filho. Não, ela ainda o achava o mesmo, aborrecido, resmungão, obtuso. Ele insistia: Raymond se controlava mais, mostrava mais domínio próprio, se não por outra coisa, pelo menos por aquele novo cuidado com a roupa.

— Ah, vamos falar na roupa. Julie estava ontem resmungando porque ele exige que lhe passem a ferro as calças duas vezes por semana.

— Veja se acalma Julie, que afinal viu Raymond nascer...

— Julie é dedicada; mas a dedicação tem limites. Pode Madeleine dizer que os criados não fazem nada: Julie, sabemos que tem mau gênio; mas compreendo que ela fique furiosa por ter que encerar a escada de serviço e parte da escada principal.

Um rouxinol parcimonioso soltou apenas três notas. O casal atravessou o perfume de amêndoas amargas de uma madressilva. O doutor continuou, em voz baixa:

— Raymond, o nosso garoto...

— Não conseguiremos outra que substitua Julie, isto é o que devemos ter em mente. Você diz que Julie enxota todas as cozinheiras; mas em geral é ela que tem razão...Léonie, por exemplo...

E ele perguntou, resignado:

— Que Léonie?

— Você sabe bem, aquela gorda... não, não foi a última... a que ficou só três meses; não queria arrumar a sala de jantar. Mas afinal não era a obrigação de Julie...

Ele disse:

— Os criados de agora não são como os de antes.

O doutor sentia baixar em si uma maré, um refluxo que arrastava confidências, confissões, abandonos, lágrimas.

— É melhor voltarmos...

— ...Madeleine vive me dizendo que a cozinheira implica com ela; mas não é por culpa de Julie. A mulher quer é aumento; aqui elas não têm tantas vantagens quanto na cidade, embora tenhamos bons mercados; sem isso, não ficariam.

— Quero voltar.

— Já?

Lucie sentiu que decepcionara o marido, que deveria ter esperado, tê-lo deixado falar, e murmurou:

— Nós nunca conversamos...

Para além das míseras palavras que ela acumulava sem querer, para além daquela muralha que sua vulgaridade paciente edificava dia a dia, Lucie Courrèges escutara o apelo abafado do enterrado vivo, sim, ela escutara aquele brado de mineiro soterrado, e nela, também a que profundidade! Uma voz respondia à outra voz e uma ternura se agitava.

Lucie esboçou o gesto de inclinar a cabeça sobre o ombro do marido, adivinhou-lhe o corpo retraído, o rosto fechado, ergueu os olhos para casa e mal pôde impedir-se de observar:

— Você deixou de novo a luz elétrica acesa.

E lamentou a frase, tão logo a proferiu. O marido apressou o passo para afastar-se, subiu rapidamente a entrada, suspirou de alívio porque a sala estava deserta e, sem encontrar ninguém, pôde alcançar seu gabinete. Lá, enfim, sentado à mesa, comprimiu com as duas mãos o rosto extenuado, fez novamente o gesto de afastar para longe... Era maçante a morte do cão; não era fácil obter outro. Mas também, por causa daquelas maluquices todas, ele não acompanhara muito de perto a experiência. "Confiei demais em Robinson... Ele deve ter se enganado na data da última injeção." Melhor seria recomeçar tudo, em novas bases. Bastaria, desta vez, que Robinson medisse a temperatura do animal, recolhesse e analisasse a urina.

VI

Uma interrupção na corrente elétrica fez parar os bondes, ficaram imóveis ao longo dos bulevares, semelhantes a lagartas em procissão. Fora necessário esse incidente para que Raymond Courrèges e Maria Cross se falassem, afinal. Contudo, no dia seguinte àquele domingo em que não se haviam visto, ambos tinham resolvido dar o primeiro passo. Maria, porém, via no rapaz um colegial cândido que se escandaliza com qualquer coisa, e ele, como ousaria falar com uma mulher? Através da multidão Raymond lhe adivinhou a presença, se bem que pela primeira vez a via com um vestido claro; e Maria, um pouco míope, o reconheceu de longe, pois, devido a uma cerimônia qualquer, ele vestira a farda do colégio, e jogara a pelerine, negligentemente desabotoada, sobre os ombros (imitando os alunos da Escola de Saúde Naval). Alguns passageiros subiam no bonde, resolvidos a esperar; outros se afastavam em grupos. Raymond e Maria se encontraram ao pé do estribo. E ela disse em voz baixa, sem o olhar, de um jeito que o rapaz, se quisesse, poderia supor que ela não lhe falara:
— Afinal de contas, não vou longe...

E Raymond, com a cabeça um pouco afastada, o rosto em brasas:

— Por uma vez, não será desagradável fazer o trajeto a pé.

Maria, então, ousou fixar os olhos naquele rosto que jamais vira tão de perto:

— Já faz tanto tempo que viajamos juntos, não devemos perder o hábito.

Deram alguns passos em silêncio. Ela olhava de viés aquela face que ardia, aquela carne jovem demais que a navalha fazia sangrar. Com gesto ainda pueril, Raymond mantinha sobre a cintura, com as duas mãos, uma velha pasta cheia de livros, e na mulher se firmou a ideia de que ele ainda era quase um menino; sentiu com isso uma emoção confusa, feita de escrúpulos, de vergonha e de delícia. Ele se via tomado de timidez, paralisado como outrora, quando lhe parecia um esforço sobre-humano transpor a porta de uma loja: sentia-se estupefato por ser mais alto que ela; a palha lilás do chapéu escondia quase todo o rosto da moça, mas ele lhe via o pescoço nu, o ombro um pouco fora do vestido. Veio-lhe um terror de não encontrar uma única palavra para romper o silêncio, e estragar aquele momento.

— É verdade que a senhora não mora longe...

— Sim, a igreja de Talence fica a dez minutos dos bulevares.

Tirando do bolso um lenço manchado de tinta, Raymond enxugou a testa, viu a tinta e escondeu o lenço.

— Mas o senhor, talvez, tenha um trajeto mais comprido...

— Oh, não! Eu desço pouco depois da igreja.

E Raymond acrescentou depressa:

— Sou filho dos Courrèges.

— Filho do doutor?

E ele comentou, impulsivo:

— Meu pai é conhecido, não?

E como Maria ergueu a cabeça para olhá-lo, ele viu que ela empalidecera. Enquanto isso, ela falava:

— Na verdade, o mundo é pequeno... Olhe, não lhe fale de mim.

— Eu nunca falo a meu pai a respeito de nada; e, aliás, não sei quem é a senhora.

— É melhor que não o saiba.

De novo ela o cobriu com um longo olhar: o filho do doutor! Só podia ser um colegial muito ingênuo, muito piedoso. Fugiria com horror quando lhe soubesse o nome. O garoto Bertrand Larousselle, até o ano anterior, frequentara com ele o mesmo colégio... onde o nome de Maria Cross deveria ser famoso... E ele insistia, menos por curiosidade do que por medo do silêncio:

— Vamos, diga seu nome... Afinal, eu lhe disse o meu...

À porta de uma casa, a luz horizontal esbraseava as laranjas numa loja de cestas. Os jardins estavam como que tomados de poeira; uma ponte atravessara a estrada que outrora emocionava Raymond porque por lá os trens se encaminhavam à Espanha. Maria Cross pensava: "Dizer meu nome seria talvez perdê-lo... mas não será meu dever afastá-lo?". Ela sofria e gozava com aquele conflito. Sofria realmente, mas sentia uma satisfação obscura em murmurar: "É trágico...".

— Quando você souber quem eu sou... — E ela não pôde impedir-se de evocar o mito de Psique, no *Lohengrin*...

Raymond pôs-se a rir ruidosamente, mas enfim com abandono:

— De qualquer forma, tornaremos a nos encontrar no bonde... A senhora já percebeu que faço questão de apanhar o bonde das 18 horas, não? É engraçado, porque, imagine, às vezes chego muito cedo e poderia apanhar o das 17h45... mas perco-o de propósito, por sua causa. E até mesmo ontem, saí antes do quarto touro, para não deixar de encontrá-la, e justamente quando a senhora faltou. Parece que Fuentes esteve fabuloso com o último touro. Mas agora que nos falamos, que mal pode haver em dizer seu nome? Antes, eu não me importava... mas agora que sei que a senhora olha para mim...

Essa linguagem que, num outro, Maria consideraria tão baixamente vulgar, agora lhe parecia com um sabor de imaturidade delicioso; e, mais tarde, toda vez que atravessasse a estrada, naquele lugar, recordaria o que nela haviam desencadeado as míseras palavras do colegial, uma ternura, uma felicidade...

— A senhora tem que me dizer seu nome... ademais, basta que eu pergunte ao papai. Será fácil: uma senhora que sempre desce antes da igreja de Talence.

— Vou lhe dizer. Mas precisa jurar que não falará nunca no meu nome ao doutor.

Ela agora já não receava mais que seu nome o afastasse; mas fingiu supor-se ainda ameaçada. "Entreguemo-nos ao destino", dizia consigo, pois no fundo estava certa de ganhar. Um pouco antes de chegarem à igreja, Maria quis que ele fosse só, "por causa dos negociantes que a reconheceriam e que fariam mexericos".

— Sim, mas não antes de saber.

E ela disse depressa, sem o olhar:

— Maria Cross.

— Maria Cross?

Maria escavacou o chão com a ponta da sombrinha e acrescentou depressa:

— Espere me conhecer...

E ele a olhava, deslumbrado:

— Maria Cross!

Era aquela a mulher cujo nome ouvira murmurar, um dia de verão, nas alamedas de Tourny, na hora de regresso das corridas. Ela passava num carro puxado a dois cavalos... e alguém, junto a Raymond, dissera: "Essas mulheres são todas iguais!". E, de repente, ele recordou também a época em que um tratamento de duchas o obrigava a deixar o colégio logo às 16 horas: cruzou na estrada Bertrand Larousselle, já então muito convencido, com as pernas compridas em botinas de couro; às vezes um criado o acompanhava, outras vezes um padre, enluvado de preto e de colarinho alto. Entre todos os "grandes" era Raymond que gozava entre os "médios" de maior prestígio; o piedoso e puro Bertrand o devorava com os olhos quando passava junto dele, do "sujeito ordinário", sem desconfiar que aos olhos do outro ele próprio era um menino misterioso. Nessa época madame Victor Larousselle ainda era viva, e boatos absurdos corriam a cidade e o colégio: Maria Cross, dizia-se, queria que Larousselle casasse com ela, e exigia do amante que deixasse na miséria todos os seus; outros afirmavam que ela esperava que madame Larousselle morresse do câncer de que sofria para poder se casar na igreja. Muitas vezes, por trás das vidraças de um carro, Raymond avistara, junto a Bertrand, aquela mãe exangue, de quem diziam as senhoras Courrèges e Basque:

— Aquela sim, tem sofrido! Pode-se dizer que já cumpriu o purgatório na Terra... Se fosse comigo, eu escarraria o meu desprezo na cara daquele homem e dava-lhe o fora...

Um dia, Bertrand Larousselle saiu só; escutava, atrás de si, assobiar o "sujeito ordinário", e apressou o passo; mas Raymond regulou o passo com o dele e não perdeu de vista o sobretudo curto, o gorro de pano inglês tão lindo. Como lhe parecia precioso tudo que se ligava àquele menino!

Como Bertrand se pusera a correr, caíra-lhe um caderno da pasta; e quando ele o percebeu, Raymond já o apanhara. O menino voltou atrás, pálido de medo e cólera:

— Me dê meu caderno! — mas Raymond zombava, e lia em voz baixa sobre a capa: "Meu Diário".

— Deve ser bem interessante o diário do garoto Larousselle...

— Me dê.

Raymond, em passo acelerado, transpôs o portão do Parque Bordelais, e tomou por uma alameda deserta; atrás de si escutava uma pobre vozinha ofegante:

— Me dê meu caderno! Eu conto! — Mas o "sujeito ordinário", escondido por uma moita, zombava do pequeno Larousselle, que já agora sem fôlego, deitado na relva, chorava em soluços fortes.

— Toma teu caderno... teu diário... idiota!

E ele erguia o menino, lhe enxugava os olhos, lhe limpava o sobretudo inglês. Que meiguice inesperada naquele rapaz brutal! O pequeno Larousselle já se mostrava sensível, já sorria a Raymond, que, de repente, não pôde resistir a um capricho grosseiro:

— Conta, você já viu alguma vez Maria Cross?

Bertrand, rubro, apanhara a pasta e saíra a correr, sem que Raymond pensasse em persegui-lo.

Maria Cross... era ela que o devorava agora com os olhos... Ele a imaginaria mais alta, mais misteriosa. Aquela mulherzinha vestida de lilás era Maria Cross. E vendo a perturbação de Raymond, ela se esquivou e balbuciou:

— Não acredite... sobretudo não vá acreditar...

E tremia diante daquele juiz que lhe parecia angélico; ela não discernia o anjo da impureza; não sabia que, muitas vezes, a primavera é a estação da lama e que aquele adolescente podia ser apenas sujidão. Não teve a força de suportar o desprezo que imaginava no rapaz; e, num adeus lançado quase em voz baixa, já ela fugia, quando ele a alcançou:

— Até amanhã à noite no bonde, sim?

— Quer me encontrar?

Afastando-se, por duas vezes ela se voltou para o rapaz imóvel e que pensava: "Maria Cross se interessou por mim!". E ele repetia, como se não pudesse crer na própria sorte: "Maria Cross se interessou por mim!".

Raymond respirava a noite como se a essência do universo estivesse contida nela, e ele se sentisse capaz de acolhê-la no seu corpo dilatado. Maria Cross se interessara por ele... Contaria o caso aos colegas? Mas nenhum iria acreditar. Já lhe aparecia a espessa prisão de folhas onde os membros de uma única família viviam tão confundidos e separados quanto os mundos de que se compõe a Via Láctea. Ah, aquela gaiola não estava em proporção com o seu orgulho, nessa noite. Contornou-a, meteu-se ao abrigo de um bosque de pinheiros, o único que não era murado e que chamavam de Bois de Berge. A terra onde se deitou era mais quente que um corpo. As agulhas de pinheiro abriram-lhe sinais nas palmas das mãos.

Quando Raymond entrou na sala de jantar, o pai abria as páginas de uma revista e respondia a uma observação da mulher:

— Não estou lendo: estou olhando os títulos.

Ninguém deu mostras de escutar o "oi" de Raymond, exceto a avó:

— Ah, é o meu malandro...

E como ele passava perto de sua cadeira, ela o deteve, **e** puxou-o para si:

— Estás cheirando a resina.

— Andei me deitando no Bois de Berge.

A avó o encarou com complacência e resmungou com ternura esta injúria:

— Canalha!

Raymond engolia a sopa com ruído, feito um cão. Como todo aquele pessoal lhe parecia pequeno! Ele planava no sol. Só seu pai lhe parecia próximo. Esse conhecia Maria Cross! Estivera na casa dela, tratara-a, vira-a na cama, encostara a cabeça de encontro ao peito de Maria Cross, às suas costas... Maria Cross! Maria Cross! O nome o sufocava como um coágulo de sangue; ele lhe sentia na boca a doçura quente e salgada, e por fim a onda tépida daquele nome lhe encheu as faces, lhe escapou:

— Esta noite eu vi Maria Cross.

O doutor imediatamente o encarou com um olhar fixo. E perguntou:

— Como é que você soube que era ela?

— Eu estava com Papillon, que a conhece de vista.

— Oh! oh! — exclamou Basque. — Raymond está pondo as manguinhas de fora!

E uma das garotinhas repetiu:

— Sim, sim, titio Raymond está pondo as manguinhas de fora!

Raymond remexia os ombros, resmungando. O doutor, sem o fitar, os olhos longe, fez ainda uma pergunta:

— Ela estava só?

E como Raymond respondera: "Só", o doutor voltou a cortar as páginas. Enquanto isso, madame Courrèges comentava:

— É curioso essas mulheres interessarem tanto a vocês. Que há de extraordinário em ver passar essa criatura? No tempo em que ela era criada, nenhum de vocês a teria olhado.

O doutor interrompeu a mulher:

— Mas ela nunca foi criada, ora bolas!

— Aliás — proclamou bruscamente Madeleine —, ser criada não teria nada de desonroso, longe disso!

E como a criada acabava de sair, levando um prato, a moça interpelou azedamente a mãe:

— Parece até que a senhora procura de propósito indispor os criados, ofendê-los. E Irma é muito suscetível.

— É incrível! Agora temos que usar luvas...

— Trate seus empregados como quiser, mas não faça com que os dos outros vão embora... principalmente se os obriga a servir à mesa.

— Como se você tivesse cerimônias com Julie... você, que tem fama de não durar com nenhuma criada... Todo mundo sabe que quando os meus empregados vão embora é por causa dos seus.

A volta da criada interrompeu o debate, que continuou em surdina assim que ela se dirigiu à copa. Raymond fitava complacente o pai: se Maria Cross fosse criada, será que ela ainda existiria, aos olhos dele? De repente o doutor levantou a cabeça e, sem olhar para ninguém, disse:

— Maria Cross é filha daquela professora que dirigia a escola de Saint-Clair, quando lá era vigário seu querido padre Labrousse, Lucie.

— Quem? Aquela harpia que o atormentava tanto? Que preferia deixar de ir à missa, se não lhe deixassem ocupar, com as alunas, as primeiras filas da nave principal? Ah, não me admira. Quem herda não furta.

— Você se lembra — disse a velha madame Courrèges — do coitado do padre Labrousse contando o caso da noite das eleições, em que o marquês de Lur-Saluces foi derrotado por um advogadozinho de Bazas? A professora veio debicar dele, com todo o bando, bem debaixo das janelas da casa paroquial, e, de tanto acender bombas em homenagem ao novo deputado, ficou com as mãos pretas de pólvora...

— Que gentinha!

Mas o doutor já não as escutava e, em vez de subir ao seu escritório, como todas as noites, acompanhou Raymond ao jardim.

Pai e filho tinham vontade de conversar naquela noite. A despeito deles, uma força os aproximava, como se ambos fossem portadores de um mesmo segredo. Assim se procuram e se reconhecem os iniciados, os cúmplices. Cada um descobria no outro o ser único com quem poderia discutir o que mais lhe falava ao coração. Como duas borboletas, separadas por léguas, se reúnem na caixa onde está presa a fêmea com seu intenso odor, eles também haviam acompanhado o caminho extravagante dos seus desejos e pousavam lado a lado sobre uma invisível Maria Cross.

— Raymond, você tem um cigarro? Já esqueci o gosto do tabaco... Obrigado... Vamos dar uma volta?

O doutor escutava com estupor a própria voz, semelhante àquele falso miraculado que vê de repente abrir-se a ferida que ele supunha curada. Ainda esta manhã, no laboratório, sentia o alívio que encanta o penitente depois da absolvição; ao procurar no coração o lugar da sua paixão, não o encontrou mais. E com que ênfase solene e um pouco sentenciosa ele ralhara com Robinson, a quem uma *girl* das Bouffes vinha, desde a primavera, afastando às vezes dos seus deveres!

— Meu amigo, o sábio que tem o amor da pesquisa e que ambiciona conquistar títulos encarará sempre como tempo perdido as horas e os minutos concedidos à paixão...

E como Robinson, empurrando para trás os cabelos rebeldes e limpando as lentes dos óculos no avental queimado pelos ácidos, arriscasse:

— Mas afinal o amor...

— Não, meu caro, quando se trata de um verdadeiro sábio, é impossível que, salvo alguns eclipses passageiros, a ciência não vença o amor. Ficar-lhe-á sempre o rancor de haver deixado de gozar as mais altas satisfações, ao afastar seu ardor das finalidades científicas.

E Robinson respondera:

— Realmente, na maioria, os grandes sábios podem ter sido grandes amantes; mas não conheço nenhum que tenha sido um passional.

Esta noite, o doutor compreendia por que a aprovação do discípulo o fizera corar, no momento. Bastara uma palavra de Raymond: "Vi Maria Cross", para que se revolvesse dentro de si a paixão que imaginara morta. Ah, a paixão estava apenas adormecida... uma palavra que se escuta, a desperta, a alimenta; e ei-la a se estirar, a bocejar, a soerguer-se. E já que não pode escutar o que deseja, se contentará com palavras. Sim, custasse o que custasse, o doutor falaria de Maria Cross.

Reunidos pelo desejo de cantarem ambos o louvor de Maria Cross, pai e filho, logo às primeiras palavras, não se entenderam mais: Raymond sustentava que uma mulher daquela envergadura só poderia causar horror a pobres devotas; ele a admirava pela sua audácia, pela sua ambição sem freios, pela vida dissoluta que lhe atribuía. O doutor protestava que Maria não tinha nada de uma cortesã e que não se devia dar crédito ao que dizia o povo.

— Eu conheço Maria Cross! Posso dizer que, durante a doença do filhinho François, e depois, fui seu melhor amigo... Recebi confidências...

— Coitado do senhor, papai! Ela deve ter se divertido, hein?

— Não, meu filho, ela confiava em mim com uma extraordinária humildade. Se há um ser neste mundo de quem se pode dizer que as ações não se parecem com a pessoa, esse ente é Maria Cross. Ela se perdeu por culpa de uma incurável indolência. A mãe, professora em Saint-Clair, preparou-a para cursar Sèvres, mas o casamento com um major ajudante do 144º lhe interrompeu os estudos. Durante três anos de casamento, nunca se disse nada dela, e se o marido não morresse, Maria seria a mais honesta e a mais obscura das mulheres. Ele não lhe censurava nada, senão essa indolência que a incapacita de se interessar pelos cuidados domésticos. Conta ela que ele ralhava um pouco, ao chegar em casa, por só encontrar para jantar um prato de talharim requentado no fogareiro a álcool. Maria preferia passar o dia inteiro lendo, vestida num roupão rasgado, os pés enfiados nas chinelas. Ah, se você soubesse como essa pretensa cortesã despreza o luxo! Por exemplo, faz pouco tempo resolveu não usar mais o carro que Larousselle lhe deu, e toma o bonde como todo mundo... Por que você ri? Não vejo nisso nada de engraçado... Essa sua risada é irritante, pare com isso... Quando ela se viu viúva com um filho, precisando trabalhar, nem pode imaginar como aquela "intelectual" se sentiu desamparada... Para desgraça dela, uma amiga do marido empregou-a como secretária na firma de Larousselle. Maria não tinha nenhuma segunda intenção; mas Larousselle, que era um carrasco para os empregados, nunca lhe fez uma observação, embora ela sempre chegasse atrasada e não desse conta de quase nenhum trabalho; bastou isso para comprometê-la. Quando ela percebeu isso, era impossível reagir... já era, para todos, a "rapariga do patrão", e a hostilidade geral tornou-lhe impossível continuar no emprego. Preveniu a respeito Larousselle, que só esperava por essa oportunidade. E ele ofereceu à moça, até que ela arranjasse outro emprego, tomar conta de uma propriedade sua nos arredores de Bordeaux, que ele não pudera ou não quisera alugar naquele ano...

— E ela considerou inocentíssimo isso tudo?

— Não, evidentemente viu logo aonde ele queria chegar; mas a coitada estava a enfrentar um aluguel acima das suas posses, e o garotinho François estava sofrendo de enterite, e o médico achava indispensável levá-lo para o campo; enfim, ela se sentia já tão comprometida que não teve coragem de renunciar àquela oportunidade. E deixou-se violentar.

— Por assim dizer.

— Você não sabe de quem está falando. Maria resistiu muito tempo. Mas o que fazer? Não lhe era possível proibir Larousselle de trazer amigos para a casa, à noite; e reconheço que foi fraca, inconsequente, aceitando presidir esses jantares. Mas esses célebres jantares de terça-feira, essas pretensas orgias, sei bem o que eram... Só eram escandalosos porque, nessa ocasião, o estado de madame Larousselle se agravara. E eu posso jurar a você que Maria ignorava, então, que a mulher do patrão estivesse em perigo. "Não tive consciência de praticar nenhum mal", me disse ela, "ainda não tinha cedido em nada ao senhor Larousselle, nem um beijo, nada. Que havia de repreensível em presidir àquela mesa de imbecis? É claro que eu também sentia um pouco a embriaguez de brilhar diante deles... fazia pose de *intelectual*... sentia que o patrão orgulhava-se comigo... E ele prometera cuidar do menino...".

— E ela fez o senhor engolir isso tudo!

Como era ingênuo o coitado do seu pai! Mas o que ele não lhe perdoava era reduzir Maria Cross às proporções de uma professorazinha honesta, e estragar-lhe a conquista.

— Ela só se entregou a Larousselle depois que a mulher dele morreu, por cansaço, por uma espécie de displicência desesperada, sim, a palavra é esta, e foi ela que a descobriu: *displicência desesperada*. Aliás, sem ilusões, lúcida, ela não acreditou nas caretas de choro de viúvo inconsolável que Larousselle fazia, nem mesmo nas promessas vagas de um dia casar com ela. Dizia que conhecia demais esses cavalheiros para ter alguma ilusão a respeito. Como amante, ela o honrava; mas como esposa! Você sabe que Larousselle pôs o filho Bertrand num colégio de Normandia para que o menino não se expusesse a se encontrar algum dia com Maria Cross? No fundo, ele não a considera de uma raça diferente das outras rameiras com as quais a engana diariamente. E, aliás, a intimidade física entre eles se reduz a muito pouco, bem o sei, tenho a certeza; nesse ponto, meu filho, posso garantir a você; embora Larousselle seja louco por Maria, ele não seria homem a exibi-la só "para efeito publicitário", como se acredita em Bordeaux. Mas ela se recusa a ele...

— Então é assim? Maria Cross é uma santa?

Pai e filho não viam a face um do outro; mas cada um percebia a hostilidade recíproca, embora falassem em voz baixa. Reunidos durante um segundo por aquele nome, Maria Cross, era esse nome que de novo os separava. O homem caminhava de cabeça erguida; o adolescente olhava para a terra e chutava raivoso uma pinha seca.

— Você me acha muito tolo... mas cá entre nós, o ingênuo é você. Só acreditar no mal não é conhecer os homens. Sim, você falou certo: em Maria Cross, cujas misérias conheço, esconde-se uma santa... Sim, talvez; uma santa... Mas você não pode compreender.

— Ora, não me faça rir!

— Aliás, você não a conhece. Acredita em mexericos. E eu a conheço.

— Pois eu sei o que sei...

— Que é que você sabe?

O doutor se detivera em meio à alameda que os castanheiros escureciam; e apertou o braço de Raymond.

— Não me segure! Admito que Maria Cross se recuse a Larousselle. Mas não existe apenas ele...

— Mentiroso!

Raymond, estupefato, murmurou:

— Ah! Mas isso...

Veio-lhe uma suspeita que, malnascida, morreu, ou antes, adormeceu. Ele também não podia aproximar o amor da imagem que alimentava daquele pai irritante, é verdade, mas que vivia entre o céu e a terra, sempre como aparecia outrora aos seus olhos de menino: sem paixões, sem pecado, inacessível ao mal, incorruptível, acima de todos os homens. Escutou-o arquejar, na escuridão. E nesse momento o doutor fez um esforço sobre-humano e falou em tom praticamente alegre, zombeteiro:

— Sim, mentiroso! Mexeriqueiro, que me quer tirar as ilusões...

E vendo que Raymond se calava, acrescentou:

— Vamos, conte.

— Não sei nada.

— Você disse ainda agora: eu sei o que sei.

Raymond respondeu que falava à toa, em tom de um homem resolvido a guardar silêncio. O doutor não insistiu mais. Não havia nenhum meio de se fazer compreender por aquele filho que, entretanto, ainda estava ali bem perto, encostado a si; sentia-lhe o calor, o cheiro de animal jovem.

— Vou ficar por aqui... Não quer se sentar um instante, Raymond? Afinal, está vindo uma aragem.

Raymond declarou que preferia ir dormir. Durante ainda alguns instantes, o pai escutou os pontapés que o adolescente dava numa pinha; depois ficou só, debaixo da folhagem espessa, atento ao brado de ardor e tristeza que a campina erguia para o céu. Foi-lhe um esforço imenso levantar-se. A luz elétrica ainda estava acesa no seu escritório. "Lucie deve pensar que estou trabalhando... Quanto tempo perdido! Tenho 52 anos, não, 53... Que mexericos terá feito esse Papillon?" Passou as mãos pelo tronco de uma castanheira onde se lembrava que Raymond e Madeleine tinham gravado as suas iniciais. E de repente, rodeando o tronco com os braços, encostou à casca lisa o rosto, os olhos fechados; depois levantou-se afinal e, limpando as mangas, ajeitando com as mãos a gravata, caminhou para casa.

Raymond, entretanto, sob a alameda das parreiras, continuava a chutar a pinha, com as mãos nos bolsos, a resmungar: "Que boboca que ele é! Desses, já não existe mais nenhum!". Ah, mas ele, não seria tolo, não acreditaria em histórias da carochinha. E não pensava em prolongar sua felicidade até os confins daquela noite pesada. As estrelas todas não lhe serviriam de nada, nem o perfume das acácias. A noite de verão fustigava em vão aquele jovem macho bem armado, seguro naquele instante de sua força, seguro de seu corpo, indiferente ao que o corpo não pode possuir.

VII

Trabalho, ópio insubstituível. Todas as manhãs o doutor se levantava curado, como que operado daquilo que o roía; partia só (na primavera, Raymond não usava mais o carro). Já então, em espírito, ele habitava o laboratório; e sua paixão não era senão um mal entorpecido, de que mantinha uma consciência surda. Teria podido acordá-lo, se quisesse: tocando o ponto sensível, tinha certeza de que gritaria de dor. Mas ontem sua hipótese mais querida fora contraditada por um fato, segundo lhe afirmava Robinson: e uma longa série de trabalhos estava ameaçada de perder-se. Que triunfo para X..., que denunciara à Sociedade de Biologia seus pretensos erros de técnica!

A grande miséria das mulheres está em que nada as afasta do inimigo obscuro que as rói. Enquanto o doutor, atento ao microscópio, não sabe nada mais de si nem do mundo, prisioneiro daquilo que observa como fica preso da caça um cão na espera, Maria Cross, deitada, com todas as venezianas fechadas, espera aquela hora única do encontro, chama rápida no seu dia incolor. Mas como é decepcionante mesmo aquela hora! Depressa tiveram que renunciar a caminhar juntos até a igreja de Talence. Maria Cross ia ao encontro de Raymond, reuniam-se perto do colégio, numa alameda do Parque Bordelais. Ele se entregava ainda menos do que no primeiro dia, e seu descaso desconfiado acabava de convencer Maria de que se tratava realmente de um menino, embora às vezes uma risada, uma alusão, um olhar de viés a devessem prevenir do contrário; mas ela fazia questão de acreditar no seu anjo. Com precauções infinitas, como se lidasse com um pássaro selvagem e puro, ela se aproximava na ponta dos pés, contendo o fôlego. Tudo fortificava em seu espírito essa imagem falsa: as faces do rapaz que enrubesciam à toa, aquela gíria de colegial, e, naquele corpo poderoso, um resto de infância, como uma névoa. Ela tinha terror do que não existia em Raymond, e que supunha descobrir nele; tremia diante da candura daquele olhar, censurava-se por haver suscitado uma perturbação, uma inquietação. Nada a prevenia de que, em sua presença, ele pensava apenas na atitude a tomar: deveria alugar um quarto mobiliado? Papillon sabia de um endereço... mas isso não servia para uma mulher daquelas. Papillon dizia que no Terminus pode-se alugar um quarto pelo dia; precisava informar-se; mas Raymond passara várias vezes diante do escritório do hotel, sem resolver-se a entrar. Entrevia outras dificuldades, fazia montanhas delas.

Maria Cross sonhava também, sem ousar dizer-lhe, em atraí-lo à sua casa. Mas proibia a si mesma manchar, sequer por pensamento, o menino bravio, o seu pássaro selvagem, persuadia-se apenas de que, na sala abafada de cortinas, no fundo do jardim adormecido, aquele amor se expandiria afinal em palavras, aquela tempestade se resolveria em chuva. Não imaginava nada além, talvez, do que o peso daquela cabeça no seu colo. Ele seria como um bichinho bravo, domesticado à base de cuidados, e cujo focinho tépido ela sentiria na palma das mãos... Maria entrevia um caminho longo e só queria pensar nas carícias mais próximas, mais castas; evitava pensar nas passagens que se iriam tornando ardentes, na floresta onde os seres que se amam afastam a ramaria para se perderem lá dentro... Não, não, eles não iriam tão longe; ela não destruiria, naquele menino, o que a deixava perturbada de adoração e medo. Como lhe fazer perceber, sem o assustar, que ele poderia vir naquela semana à sala abafada de cortinas, e que era preciso aproveitar a excursão que o Sr. Larousselle fazia pela Bélgica?

O doutor, à mesa, observa Raymond, àquela noite; olha-o a devorar a sopa; não vê o filho, mas o homem que lhe disse a respeito de Maria Cross: "Eu sei o que sei...". Que lhe teria contado Papillon? Bolas, como se pode pensar que Maria se ocuparia com um desconhecido? "Teimo em esperar uma carta; é claríssimo que ela não deseja mais me ver. Será o sinal de que se abandona... a quem? Não me é mais possível me aproximar do rapaz. Insistir para que ele fale seria trair-me..." O filho naquele momento erguia-se, passava pela porta, sem responder à mãe que lhe gritava:

— Aonde é que você vai?

E Lucie acrescentava:

— Ele agora vai a Bordeaux quase todas as noites. Sei que pede ao jardineiro a chave do portão e que entra às 2 horas pela janela da lavanderia. Se você visse como é que responde quando eu falo!... Você é que deve intervir, mas é de uma fraqueza!

O doutor mal tinha forças para balbuciar:

— O mais sábio é fechar os olhos.

E escutava a voz de Basque:

— Se fosse meu filho, dava-lhe um ensino...

O doutor, por sua vez, levanta-se e ganha o jardim. Se ele o ousasse, gritaria: "Para mim só existe o meu tormento". Ninguém pensa nunca que são principalmente as paixões dos pais que os separam dos filhos.

O doutor volta, senta-se à sua mesa, abre uma gaveta, apanha um maço de cartas, lê as que Maria lhe escrevia seis meses atrás: *"Nada mais me prende à vida senão o desejo de me tornar melhor... Pouco me importa que eu o faça em segredo e que o mundo continue a me apontar com o dedo; aceito o opróbrio...".* O doutor agora esquece que então toda aquela virtude o desesperava, que seu martírio consistia justamente em que as relações de ambos se houvessem estabelecido no terreno do sublime, e que o enfurecia ver que estava a salvar aquela que seria tão bom perder. Imagina a zombaria de Raymond a ler aquela carta, indigna-se com isso, protesta em voz baixa, como se não estivesse só: Cavilação?. Seria cavilação? É que, nela, a expressão é sempre literária demais... mas, na cabeceira do filhinho moribundo, seria cavilação aquela dor tão humilde, aquele consentimento em sofrer, como se através dos preceitos kantianos, repisados pela professora sua mãe, toda a velha herança mística lhe tivesse chegado intacta?... Diante daquela caminha coberta de lírios (que solidão em torno do pequeno cadáver! quanta reprovação!) ela se acusava, batia no peito, gemia que tudo estava bem assim, felicitava-se pelo fato de o filho não ter tido tempo para envergonhar-se da mãe... E aí intervinha o homem de ciência: "A verdade é que ela era sincera, mas que assim mesmo, a tanta grandeza, mesclava-se uma satisfação, sim, satisfazia-se nela o amor pela atitude". Maria Cross procurara sempre as situações romanescas: não metera na cabeça ter uma conversa com madame Larousselle moribunda? O doutor tivera bastante dificuldade em convencê-la de que essas espécies de reuniões só dão certo no teatro. E, contudo, fora obrigado a aceitar pleitear a causa da amante junto à esposa, e pudera trazer a Maria a garantia de que fora perdoada.

Aproximando-se da janela, debruçando-se na escuridão, o doutor ocupou o espírito em decompor os rumores noturnos: um chiado constante de grilos e gafanhotos, um charco coaxante, dois sapos, as notas interrompidas de um pássaro que talvez não fosse um rouxinol, o derradeiro bonde. "Eu sei o que sei", dissera Raymond. Quem teria podido agradar a Maria Cross? O doutor cita nomes, recusa-os; ela tinha horror àquelas criaturas. Mas de quem é que ela não tinha horror? Lembra-te do que te disse Larousselle no dia em que veio medir a pressão arterial: "Cá entre nós, ela não gosta disso... o senhor me compreende, hein? Ela suporta quando sou eu, porque afinal de contas sou eu... Era de morrer de rir, nos primeiros tempos, quando eu reunia aqueles cavalheiros, todos a rondavam; eu esperava por isso mesmo; quando um amigo nos apresenta à amante, nosso primeiro pensamento é furtá-la, não? E eu dizia comigo: adiante, rapaziada. Mas não custou; eles ficaram marcando passo. Ninguém conhece menos do que Maria as coisas do amor, e ninguém tem com elas menos prazer; se o digo é porque o sei. É uma inocente, doutor, mais inocente que a maioria das belas e honestas senhoras que a desprezam". E Larousselle dissera ainda: "E é porque Maria não se assemelha a nenhuma outra mulher que eu receio sempre que, em minha ausência, ela tome alguma resolução absurda; ela passa o dia inteiro cismando e só sai para ir ao cemitério... Estará sob a influência de alguma leitura?".

"Sim, talvez alguma leitura", pensa o doutor, "mas não, eu o saberia; isto fazia parte do meu quinhão! Uma leitura às vezes abala a vida de um homem e quanto! É o que se diz... mas de uma mulher? Qual! Nós nunca somos profundamente agitados senão pelo que é vivo, pelo que é carne e sangue. Uma leitura?" Ele abanou a cabeça. Um livro, um *bouquin?* E a palavra *bouquin* suscitou no seu espírito outra palavra: *bouquetin,* bode... e o doutor viu erguer-se, junto à Maria Cross, um fauno.

Gatos choravam longamente sobre a relva. Um passo fez estalar o saibro da alameda, abriu-se uma janela: era decerto Raymond que voltava. Depois o doutor escutou alguém andar no corredor; bateram à sua porta: era Madeleine.

— Papai, ainda não está dormindo? Vim procurá-lo por causa de Catherine: está com uma tosse rouca... que começou de repente... Tenho medo de crupe.

— Não, crupe não começa assim. Já vou.

Pouco depois, quando saía do quarto da filha, o doutor sentiu uma dor do lado esquerdo; levou a mão ao coração e ficou imóvel encostado à parede do corredor, na escuridão; não chamou ninguém; mas, lúcido, escutava o diálogo dos Basque, por trás da porta:

— Que é que você quer que eu diga, é um sábio, está certo. Mas a ciência tornou-o cético: ele não acredita mais em remédios. E como curar sem remédios?

— Mas já que ele diz que não é nada, nem sequer o "falso crupe"...

— Mas se fosse um cliente, ele sempre receitaria qualquer coisa. Com a família, não se dá ao trabalho. É uma amolação, às vezes, não se poder chamar outro médico.

— Sim, mas é bem agradável tê-lo sempre ao alcance da mão, à noite. Quando o pobrezinho não for mais vivo, não dormirei mais sossegada, por causa das crianças.

— Devia ter se casado com um médico!

Uma risada foi abafada por um beijo. O doutor sentiu abrir-se a mão que lhe apertava o coração, e, na ponta dos pés, afastou-se. Deitou-se, mas não pôde suportar a posição; ficou sentado na cama, no escuro. Tudo estava adormecido, salvo o farfalhar das folhas. "Maria teria amado? Lembro-me de algumas efemeridades... por exemplo, por aquela pequena Gaby Dubois, a quem queria obrigar a romper com Dupont-Gunther... Mas ainda era uma paixão do gênero sublime... Ela deve ter um antepassado apóstolo, de quem herdou a mania de salvar as almas. Quem foi que me contou que Gaby dizia horrores a respeito de Maria?... E lembro-me de outras efemeridades... Talvez haja um pouco 'disso' no caso dela... Já notei que as pessoas são por demais sublimes... Já é madrugada!"

O doutor empurrou o travesseiro, deitou-se com precaução, e sem que o seu raciocínio sofresse com isso, perdeu a consciência.

VIII

Que é que eu devo dizer ao jardineiro?

Numa alameda deserta do Parque Bordelais, Maria Cross esforçava-se por persuadir Raymond a ir a sua casa, onde não se arriscará a encontrar ninguém. Ela insiste e tem vergonha de insistir, sente-se corruptora, a contragosto. Aquela fobia do menino que outrora passava e repassava diante de uma loja sem ousar entrar, como não lhe pareceria o sinal de um puro alarme? E é por isso que ela protesta:

— E sobretudo, Raymond, não vá supor que eu queira... não vá imaginar...

— O que me aborrece é passar pelo jardineiro.

— Mas não estou lhe dizendo que não há mais jardineiro? Eu moro numa propriedade vazia, que o senhor Larousselle não consegue alugar; tomo conta da casa.

Raymond soltou uma gargalhada:

— Você é que é a jardineira!

A moça curva os ombros, afasta o rosto, balbucia:

— Todas as aparências me condenam. Ninguém é obrigado a saber que eu estava de boa-fé quando aceitei essa casa. Precisava do ar do campo para François...

Raymond conhece a cantiga, e diz consigo: "Vai falando..." e a interrompe:

— Então, como diz, não há jardineiro... mas e os criados?

Maria o tranquiliza: aos domingos dá folga a Justine, sua única criada; é casada com um motorista, que lá vem dormir à noite, para que haja um homem na casa mal fechada, aquele bairro não é muito seguro. Mas nos domingos à tarde Justine sai com o marido. Raymond teria apenas que entrar; atravessar a sala de jantar à esquerda: a sala de estar fica ao fundo.

Raymond cava a areia com o salto do sapato, de ar absorto; por trás dos alfeneiros rangem os balanços; uma vendedora lhes oferece pãezinhos empoeirados, barras de chocolate envoltas em papel amarelo. Raymond diz que não lanchou, compra um croissant, um punhado de amêndoas confeitadas. Nesse minuto, diante daquele menino que rasga no dente o pão, Maria conhece seu destino inexorável: nada há de turvo, nela, à nascença dos seus desejos, e, contudo, todos os seus atos apresentam um aspecto monstruoso. Quando, no bonde, o rosto do menino começou a representar o repouso dos seus olhos, não, ela não pensava em nada de mal! Por que resistiria a uma ternura tão pouco suspeita? Alguém com sede não desconfia quando encontra uma fonte. "Sim, quero recebê-lo em minha casa, simplesmente porque na rua, num banco de jardim, não poderei lhe atingir o segredo... E, contudo, para quem vê de fora, o que parece é isto: uma mulher de 27 anos, uma mulher *teúda*, que atrai à sua casa um adolescente, o filho do único homem que jamais confiou nela, e que se recusou a atirar a primeira pedra. E, depois que eles se separaram, na Croix de Saint-Genès, Maria pensava ainda: "Quero que ele venha, não por mal, não, não por mal: basta a ideia disso para me dar náuseas. Apesar de tudo, ele desconfia e como não desconfiaria? Todos os meus atos têm um lado inocente voltado para mim e um lado abominável voltado para o mundo. Mas talvez seja o mundo que tenha razão..." Ela disse um nome, depois outro... Se era desprezada por atos em que sua vontade foi apanhada de surpresa, lembrava-se de outros, realizados em segredo, e que só ela sabia...

Empurrou o portão que Raymond abriria, no domingo, pela primeira vez; subiu a aleia cheia de mato (não havia jardineiro). O céu estava tão carregado que era incrível que não rebentasse — céu que parecia desanimado pela sede universal. As folhas pendiam, murchas. A criada não fechara as venezianas; moscas enormes se chocavam com as colunas. Maria mal teve forças para atirar o chapéu sobre o piano; seus sapatos mancharam a *chaise-longue* — impossível fazer qualquer gesto, além de acender o cigarro. Ah, e também havia isto: a moleza do corpo, a despeito da febril imaginação. Quantas tardes perdidas naquele lugar, com palpitações de tanto fumar! Quantos planos de evasão, de purificação, construídos e destruídos! Seria necessário, em primeiro lugar, levantar-se, tomar providências, ver pessoas... "Mas se eu renuncio à emenda da minha vida exterior, resta-me não permitir nada que minha consciência reprove, ou de que se inquiete. E, assim, esse menino Courrèges..." Estava entendido: ela não o atraía à sua casa senão pela doçura única, já conhecida no bonde das 18 horas. O conforto de uma presença, de uma contemplação triste e seguida, e, ali, apreciada de mais perto que no bonde, mais à vontade. Só isso? Só isso? Quando a presença de um ser humano nos emociona, independentemente de nós, estremecemos ante as possíveis consequências, e perspectivas indeterminadas nos perturbam. "Eu depressa me cansaria de contemplá-lo, se não visse que ele correspondia às minhas manobras, e que um dia nos falaríamos... Assim, não imagino nada entre nós, nesta sala, senão uma troca de frases confiantes, de carícias maternais, de beijos calmos. Mas tem a coragem de confessar o que tu pressentes, para além dessa felicidade pura, toda uma região ao mesmo tempo interdita e aberta: nenhuma fronteira a transpor, um campo livre na qual poderemos nos adiantar pouco a pouco, uma escuridão na qual poderemos desaparecer como por engano... E daí? Quem nos proíbe a felicidade? Será que eu não saberei te tornar feliz, garoto? Eis o ponto onde começas a mentir a ti própria: trata-se do filho do doutor Courrèges, o santo doutor... E o doutor não admitiria sequer que a questão fosse proposta. Um dia, tu lhe disseste a rir que a lei moral o aureolava, tão luminosa quanto o céu estrelado que lhe ficava por cima da cabeça..."

Maria escutou as gotas que caíam sobre as folhas, um ribombar hesitante de trovão; fechou os olhos, recolheu-se, concentrou o pensamento no rosto querido do menino tão puro (que ela queria acreditar ser tão puro) e que entretanto, naquele minuto, apressava o passo fugindo do mau tempo, a pensar: Papillon diz que é melhor precipitar as coisas, ele fala: "Com este tipo de mulher, o papel é a brutalidade, é só do que elas gostam..." E, perplexo, o rapaz olhava para o céu ameaçador, e, de repente, se pôs a correr, com a pelerine na cabeça, tomou um atalho, saltou uma moita, mais ágil que um cabrito.

A tempestade se afastava, mas ainda não se fora de todo, e o próprio silêncio a revelava. Então, Maria Cross sentiu nascer em si uma inspiração, da qual, tinha a certeza, não havia motivo para desconfiar; levantou-se, sentou-se à mesa, escreveu: "Não venha no domingo, definitivamente; nem domingo nem nunca. É só por você que consinto nesse sacrifício...". Deveria assinar, nesse ponto, mas um demônio soprou-lhe no ouvido para acrescentar uma página a mais: "...Seria você a alegria única de uma vida atroz e perdida. Nas nossas voltas deste inverno, eu me repousava em você, embora você não o soubesse. Mas aquele rosto que me oferecia era apenas o reflexo de uma alma cuja posse eu desejava; queria não ignorar nada de você, responder às suas inquietações, afastar os galhos que lhe impedissem os passos, tornar-me para você mais que uma mãe, mais que uma amiga... Aqui, você respiraria, mau grado seu, mau grado meu, a atmosfera corrompida em que sufoco...". Maria escreveu ainda por muito tempo. A chuva chegara, mas não se escutava nenhum rumor, senão a água a escorrer. Fecharam-se as janelas dos quartos. A saraiva retinia na chaminé. Maria Cross apanhou um livro; mas estava muito escuro, e, por causa da tempestade, as lâmpadas não se acenderam. Ela então sentou-se ao piano; e pôs-se a tocar, inclinada para a frente, como se a cabeça lhe fosse atraída pelas mãos.

No dia seguinte, que era sexta-feira, Maria sentiu uma alegria confusa ao ver que a tempestade alterara o tempo: vestida com um roupão, dedicou o dia à leitura, à música e à preguiça, procurando recordar cada uma das palavras que escrevera na carta, e imaginar qual seria a reação do jovem Courrèges. No sábado, depois de uma manhã pesada, recomeçou a chover, e Maria compreendeu então de onde vinha seu prazer: o mau tempo lhe serviria de motivo para não sair no domingo, como era, a princípio, sua intenção, e se o rapaz viesse, apesar da carta, ela estaria em casa. Afastando-se um pouco da janela de onde olhava deslizarem as gotas sobre a aleia, ela disse, com voz firme, como num compromisso solene: "Faça o tempo que fizer, eu saio".

Aonde iria? Se François fosse vivo, levá-lo-ia ao circo... Às vezes ia a um concerto e ocupava sozinha uma frisa ou, de preferência, um camarote; mas o público depressa a reconhecia: ela adivinhava seu nome no mover dos lábios; os binóculos a entregavam bem perto e sem defesa àquele mundo inimigo. Uma voz declarava: "Ninguém pode negar, essas mulheres sabem se vestir. Com dinheiro a rodo, não é difícil. E além do mais, mulheres assim só têm que pensar no próprio corpo". Às vezes um amigo do senhor Larousselle deixava a frisa do Círculo e vinha cumprimentá-la; e a meia-volta para a sala, o homem ria alto, orgulhoso por falar em público com Maria Cross.

Mas, fora o concerto em Sainte-Cécile, Maria não ia mais a lugar nenhum, mesmo enquanto François ainda era vivo, depois que algumas mulheres, no *music-hall*, a haviam insultado. As amantes dos cavalheiros da cidade a odiavam, porque ela jamais consentira em lhes tolerar o convívio. Uma única, durante alguns dias, lhe mereceu atenção, aquela Gaby Dubois que lhe parecera uma "bela alma" depois de algumas frases trocadas numa noite, no Lion Rouge, para onde a arrastara Larousselle. O champanhe contribuíra em muito para a efervescência espiritual da tal Gaby. Por duas semanas as duas moças se avistaram todos os dias. Maria Cross, com uma cólera serena, esforçara-se inutilmente para romper os laços que prendiam a amiga a outros seres. E numa matinê do Apollo, onde, pouco depois do rompimento entre ambas, extremamente aborrecida, ela acabara indo, sozinha como sempre, e atraindo a atenção da plateia inteira, Maria escutara, de uma fila de poltronas próximas ao seu camarote, irromper o riso agudo de Gaby, outras risadas, e fragmentos de injúrias ditas em voz baixa: "Essa vagabunda que banca a imperatriz... essa... que se faz de virtuosa...". Maria tinha a impressão de que não via mais um único perfil na sala: só rostos voltados para si. O teatro, por fim, escureceu e, com os olhos do público pregados numa dançarina nua, foi-lhe possível fugir.

Nunca mais quis sair sem o menino, François. E, passado um ano da sua ausência, ainda era ele o único a atraí-la para fora da casa — aquela pedra que não era maior do que um corpinho de criança, embora, para encontrá-la, o visitante devesse seguir por uma alameda do cemitério que trazia a indicação: "corpos grandes". Mas, no caminho que levava ao menino morto, era preciso que ela encontrasse o menino vivo.

No domingo pela manhã, soprava forte ventania, muito diferente daqueles ventos que apenas balançam o cimo das árvores; era um daqueles sopros poderosos vindos do sul e do mar, e que, num esforço imenso, arrastam consigo um enorme pedaço tenebroso do céu. Um chapim solitário acentuava, aos ouvidos de Maria, o silêncio de milhares de pássaros. Pouco importa, ela não sairia. O rapaz recebera sua carta e ela lhe conhecia suficientemente a timidez para ficar certa de que obedeceria. Mesmo que não lhe houvesse escrito nada, Raymond decerto não teria coragem de transpor o portão. E Maria sorriu, vendo-o em espírito a furar o saibro, e a repetir, obstinado: "E o jardineiro?". Durante seu almoço solitário, ela escutou a tempestade, que se aproximava. Os cavalos alados do vento corriam como loucos, finda sua tarefa, e vinham arrepelar as árvores. Decerto haviam trazido para o rio, do fundo do Atlântico agitado, as gaivotas prudentes e que não pousam nunca; e mesmo sobre aquele subúrbio dir-se-ia que o sopro dos ventos punha nas nuvens uma lividez de despojos submersos, e que eles borrifavam as folhas com uma escuma amarga. Debruçada sobre o jardim, Maria sentiu nos lábios esse gosto salgado. Ele não viria; mesmo que ela não lhe houvesse escrito, como o rapaz sairia com um tempo assim? Ah, antes aquela segurança, a certeza de que ele não viria. Contudo, se não estava à espera de nada, por que abrir o bufê da sala de jantar e verificar se ainda havia vinho do porto? A chuva afinal crepitou, compacta, atravessada pelo sol. Maria abriu um livro, leu sem compreender, recomeçou pacientemente a página, inutilmente, sentou-se ao piano, mas não tocou tão alto que não lhe desse para escutar a porta de entrada. Teve tempo de dizer a si mesma, para não fraquejar: "É o vento, deve ser o vento". E repetia ainda: "É o vento", apesar do rumor de passos hesitantes na sala de jantar. Não teve forças para erguer-se e já lá estava ele, sem saber o que fazer do chapéu ensopado. Raymond não ousava dar um passo, ela não o ousava chamar, ensurdecida pelo tumulto de uma paixão que rompe os diques, e se atira furiosa, e tudo invade num segundo, que ocupa exatamente a capacidade do corpo e da alma, que recobre os cimos e as profundezas. No entanto, ela articulou com severidade as palavras triviais:

— Você então não recebeu minha carta?

Raymond ficou interdito ("isso é o jogo dela, lhe repetira Papillon. Não se deixe manobrar; chegue lá, com as mãos nos bolsos..."). Mas diante daquele rosto, que ele imaginava cheio de cólera, Raymond baixara a cabeça, tal menino castigado. E Maria, fremente, como se mantivesse preso entre as paredes da sala abafada de cortinas um animalzinho assustado, não ousava fazer um gesto. Ele viera, embora ela houvesse feito o impossível para afastá-lo; nenhum remorso lhe envenenava a felicidade, podia entregar-se toda a essa ventura. E protestava ao destino, que lhe entregava à força aquele menino como presa, que não saberia ser digna de tal dom. Que é que receara? Só havia nela, naquele minuto, o mais nobre dos amores e a prova eram as lágrimas que recalcava, pensando em François: em poucos anos ele estaria crescido como aquele menino... Maria não sabia que Raymond interpretava como sinal de mau humor, ou talvez de cólera, sua contração para conter as lágrimas. E, contudo, ela dizia:

— E afinal, por que não? Fez bem em vir. Ponha seu chapéu numa cadeira. Não faz mal que esteja molhado, esse veludo de Gênova tem passado por piores coisas... Quer um pouco de vinho do porto? Sim? Não? É sim.

E enquanto ele bebia, ela falava:

— Por que foi que escrevi aquela carta? Nem eu mesma o sei... Mulheres são cheias de caprichos... Aliás, eu sabia muito bem que você viria, de qualquer forma.

Raymond enxugou a boca com as costas da mão.

— No entanto, eu quase não vim. Dizia comigo: ela saiu... Vou ficar com cara de idiota.

— Depois do meu luto, quase não saio... Nunca falei a você do meu filhinho, François?

François se aproximava na ponta dos pés, como se ainda estivesse vivo. Talvez a mãe o houvesse prendido ali, a fim de interromper um colóquio perigoso. Raymond via nisso uma manobra para mantê-lo respeitoso; Maria, porém, não pensava senão em tranquilizá-lo e, longe de temê-lo, supunha-se temível. Aliás, não recorrera ela àquela intrusão do menino morto: o pequenino é que se impusera, como se houvesse escutado na sala a voz da mãe e entrasse sem bater. E já que o menino estava presente, era um sinal de que não havia nada de impuro em tudo aquilo. Por que te perturbas, pobre mulher? François está de pé junto à tua poltrona, está sorrindo, não está corando.

— Deve fazer um pouco mais de um ano que ele morreu, não? Lembro-me bem o dia do enterro... Mamãe fez uma cena com meu pai...

E Raymond interrompeu-se; gostaria de desdizer aquelas palavras.

— Uma cena, por quê? Ah, compreendo... Mesmo nesse dia, não sentiam piedade...

Levantando-se, Maria apanhou um álbum, e o pôs sobre os joelhos de Raymond:

— Quero lhe mostrar as fotografias dele. Só seu pai é que as conhece. Esta aqui, quando ele tinha 1 mês, nos braços do meu marido; nessa idade, ainda não parecia com ninguém, salvo aos olhos da mamãe. Olhe aqui ele com 2 anos, rindo, com um balão nos braços. Nesta aqui, veja, estávamos em Salies: ele já estava fraquinho; tive que gastar do meu pequeno capital para essa estada; mas havia lá um médico de uma bondade, de uma caridade... Chamava-se Casamajor... É ele que está segurando as rédeas do burro...

Debruçada sobre Raymond, para voltar as páginas, ela não via o rosto furioso do rapaz, que não podia se mexer, com os joelhos esmagados pelo álbum. Ele arquejava e tremia de violência contida.

— Ei-lo aqui com 6 anos e meio, dois meses antes de morrer. Tinha recuperado muito, não é mesmo? Fico sempre me indagando se não o obriguei a estudar demais. Com 6 anos já lia tudo que lhe caía nas mãos, mesmo quando não podia compreender. Vivendo sozinho como um adulto...

E ela dizia:

— Era o meu companheiro, o meu amigo... — porque nada diferençava, naquele menino, o que François realmente fora e o que ela esperara que fosse.

— Já me fazia perguntas. Quantas noites de angústia passei, pensando que um dia teria de lhe explicar! E se hoje há um pensamento que me ajuda a viver, é a ideia de que ele partiu sem saber... não soube... não saberá nunca...

Maria se endireitara, os braços lhe pendiam; Raymond não ousava erguer os olhos, mas escutava aquele corpo tremer. Embora comovido, duvidava daquela dor e, mais tarde, em caminho repetia consigo: "Ela se emociona com a própria representação... como explora bem o cadáver... mas e suas lágrimas...?". Sentia-se perturbado com a ideia que fazia da mulher; o adolescente tinha das "mulheres perdidas" uma imagem teológica, como lhe fora fornecida pelos mestres, embora se imaginasse livre da influência dos padres. Maria Cross o cercava como um exército em ordem de batalha; as argolas de Judit e Dalila lhe tilintavam aos tornozelos; não havia traição ou fingimento de que ele não julgasse capaz aquela cujo olhar os santos temiam tanto quanto a morte.

Maria Cross dissera: "Volte quando quiser, estou sempre em casa". Banhada em lágrimas, apaziguada, ela o acompanhara à porta, sem nem mesmo lhe marcar outro encontro. Depois da partida do rapaz, Maria sentou junto à cama de François; carregava para ali sua dor como uma criança adormecida nos braços. Experimentava uma paz que talvez fosse decepção. Ignorava que não seria socorrida, sempre; não, os mortos não socorrem os vivos; em vão os invocamos à beira do abismo; o silêncio deles, sua ausência, pareciam uma cumplicidade.

IX

Teria sido melhor, para Maria Cross, que essa primeira visita de Raymond não lhe deixasse tal impressão de segurança, de inocência. Ela se admirava por tudo ter passado tão simplesmente. "E eu que me preocupava..." Supunha sentir-se aliviada, mas começava a sofrer por ter deixado Raymond partir sem que marcassem novo encontro. E nunca se ausentava nas horas em que ele poderia vir. O jogo miserável das paixões é tão simples que um adolescente o domina à sua primeira intriga: Raymond não tinha necessidade de nenhum conselho para se resolver a deixá-la "cozinhar com pouco fogo".

Depois de quatro dias de espera, Maria chegara quase a ponto de se acusar: "Só lhe falei de mim e de François; entristeci-o... Que interesse ele poderia ter por este álbum? Devia ter lhe feito perguntas a respeito da vida que leva, inspirar-lhe confiança... Aborreci-o; deve ter me considerado uma chata... e se não voltar mais?".

Se ele não voltasse mais! Aquela inquietação em breve se tornou em angústia: "Naturalmente! Que me adianta esperar! Ele não volta... aqui não o apanham mais... Na idade dele, não se perdoa nunca às pessoas maçantes... Muito bem, é assunto terminado". Evidência esmagadora, terrível! Ele não voltará mais. Maria Cross aterrava o último poço do seu deserto. Agora só havia areia. Que pode haver de mais perigoso no amor do que a fuga de um dos cúmplices? A presença, na maioria das vezes, é um obstáculo: diante de Raymond Courrèges, Maria Cross via em primeiro lugar um adolescente e pensava que seria vil perturbar aquele coração. Lembrava o pai de quem ele era filho; e o que restava de infância naquele rosto lhe lembrava o filho perdido; mesmo em pensamento, ela só se aproximava de Raymond com um pudor ardente. Mas agora que ele não estava presente, e que ela imaginava não mais o rever, que adiantava defender-se contra a onda turva dentro de si, o obscuro torvelinho? Se aquele fruto deve ser roubado à sua sede, por que privar-se de lhe imaginar o sabor desconhecido? A quem estaria fazendo mal? Que censura esperar da lousa na qual está escrito o nome de François? Quem a vê naquela casa sem marido, sem filhos, sem criados? As tristes falas de madame Courrèges, a debater as rixas da copa, que sorte se Maria Cross pudesse ocupar o espírito com elas! Aonde ir? Para além do jardim adormecido se estendia o subúrbio, depois a cidade pedregosa, onde, quando há tempestade, podem-se esperar nove dias sufocantes. Naquele céu lívido um animal feroz, sonolento, ronda, rosna, enfurna-se. Errando pelo jardim, ou pelas salas vazias, Maria Cross cede (e qual outra saída para a sua miséria?), pouco a pouco, à atração de um amor

sem esperança ao qual só resta a mísera felicidade de sentir-
-se ela própria. E ela nada mais tenta contra o incêndio, não
sofre mais com sua desocupação, com seu abandono; sua
fornalha a ocupava; um demônio obscuro lhe murmurava:
"Tu morres, mas não te aborreces mais".
O estranho, na tempestade, não é seu tumulto, mas o
silêncio que ela impõe ao mundo, aquele entorpecimento.
Maria via de encontro às vidraças as folhas imóveis, como
que pintadas ali. O abatimento das árvores era humano: dir-
-se-ia que elas conheciam o torpor, o estupor, o sono. Maria
chegara ao ponto em que a paixão se torna uma presença;
ela irritava a ferida, lhe assoprava o fogo; seu amor se tornava uma sufocação, uma contração que lhe seria possível
localizar na garganta, no peito. Uma carta de Larousselle
a fez estremecer de nojo. Ah! Até mesmo a aproximação
do homem... de agora em diante não seria mais possível.
Quinze dias para ele voltar... dava tempo para morrer. Ela
se fartava de Raymond e de lembranças que outrora a teriam esmagado de vergonha. "Eu olhava o couro do chapéu
dele, no lugar que toca na testa... procurava ali o cheiro dos
seus cabelos...", e essa ternura para com o rosto, o pescoço,
as mãos de Raymond. Repouso impossível de imaginar, no
desespero. Por vezes lhe atravessava o espírito a ideia de que
ele estava vivo, de que nada se perdera, de que talvez voltasse. Mas como se essa esperança a assustasse, ela voltava
às pressas para a renúncia total, para a paz de quem nada
mais espera. Com horrível prazer, alargava o abismo entre
si e aquele que se obstinava em considerar puro: tão longe
do seu amor quanto o caçador Órion, ardia aquele menino
inacessível: "Eu, uma mulher já gasta, perdida, e ele, ainda

todo banhado de infância; sua pureza é como um céu entre nós, onde até o meu desejo renuncia a abrir caminho". Durante todos aqueles dias os ventos do oeste e do sul arrastaram atrás de si massas obscuras, legiões rugidoras que, quase a fundir-se, de repente hesitavam, volteavam em torno dos cimos fascinados, depois desapareciam, deixando em nós aquele frescor que se observa quando choveu em alguma parte.

Na noite de sexta-feira para sábado, a chuva não interrompeu seu murmúrio. Graças ao cloral, Maria recebeu em paz aquele hálito perfumado que, através das cortinas, o jardim soprava sobre sua cama em desordem, depois afundou-se.

 Ao sol da manhã, com o corpo descontraído, admirou-se do que sofrera. Que loucura era aquela? Por que esperar o pior? O menino estava vivo, só lhe aguardava um sinal. Depois da crise, Maria se reencontrava lúcida, equilibrada, talvez decepcionada: "Então era só isso? Mas ele virá, pensava ela, e por maior segurança vou lhe escrever, hei de vê-lo". Era preciso, custasse o que custasse, confrontar a sua dor com o respectivo objeto. E ela impunha ao espírito a lembrança de um simples menino inofensivo, admirava-se de não mais estremecer à ideia daquela cabeça nos seus joelhos. "Vou escrever ao doutor contando que lhe conheci o filho (sabia que não escreveria). Por que não? Que mal nós fazemos?" À tarde, ela andou pelo jardim, cheio de poças d'água; realmente calma, calma demais, a ponto de sentir um medo surdo: sentir menos sua paixão seria sentir mais seu nada; reduzido, aquele amor já não lhe mascarava o vazio. Logo ela lamentava que a volta do jardim durasse apenas cinco minutos, e tomava novamente pelas mesmas aleias; depois apressou-se, porque a erva lhe molhava os pés... Calçaria as sandálias, deitar-se-ia, fumaria, leria... mas ler o quê? Não tinha nada de interessante à mão. E ei-la de volta à frente da casa. Ergueu os olhos para as janelas e, por trás de uma vidraça da sala, avistou Raymond.

Ele colara o rosto ao vidro, divertia-se em achatar o nariz. Aquela onda que a tomava, seria alegria? Maria subiu os degraus da entrada, pensando nos pés que os acabavam de pisar, empurrou a porta aberta e olhou a maçaneta por causa da mão que nela se encostara, atravessou a sala de jantar mais lentamente, compôs o rosto.

Foi má sorte de Raymond ter chegado depois daqueles dias em que Maria Cross tanto sonhara e tanto sofrera por sua causa. Entre aquela agitação infinita e a pessoa que a provocava, Maria sentiu-se constrangida ao primeiro olhar, por não poder preencher o vazio. Não teve consciência da decepção, mas estava decepcionada, como testemunhava esta observação:

— Você vem direto do barbeiro?

Nunca o vira assim, com os cabelos curtos demais, reluzentes... E tocou por cima da têmpora do rapaz a marca lívida de uma cicatriz. E ele disse:

— Foi uma queda que levei do balanço, quando tinha 8 anos.

Maria o observava, esforçava-se por ajustar ao seu desejo, à sua dor, à sua fome, à sua renúncia, aquele menino ao mesmo tempo forte e magro, aquele canzarrão jovem. Mil sentimentos nela aparecidos a propósito dele, tudo que poderia ser salvo, agrupavam-se de alguma forma em torno daquele rosto tenso, ruborizado. Porém já não reconhecia uma expressão dos olhos e da testa, aquele furor do medroso resolvido a vencer, do covarde resolvido à ação. Nunca, entretanto, ele lhe parecera tão pueril, e ela lhe disse, com carinhosa autoridade, o que de antes tantas vezes dissera a François:

— Está com sede? Daqui a pouco vou lhe dar refresco de groselha, mas quando não estiver tão suado.

Apontou-lhe uma poltrona; ele, porém, sentou-se na *chaise-longue* onde Maria já se reclinara e lhe afirmou que não tinha sede:

— Pelo menos não tenho sede de refresco.

Maria puxou o vestido sobre as pernas um pouco descobertas, o que lhe atraiu este elogio:

— Que pena!

E nesse ponto, mudando de posição, ela se sentou ao lado do rapaz, que lhe perguntou por que não continuava deitada:

— Será que eu lhe desperto medo?

Palavra que revelou a Maria Cross que, com efeito, ela tinha medo: mas de quê? Aquele era Raymond Courrèges, o jovem Courrèges, o filho do doutor.

— Como vai seu boníssimo pai?

Raymond ergueu os ombros, esticou o lábio inferior. Maria lhe ofereceu cigarros, que ele recusou; ela acendeu um e falou, repousando os cotovelos sobre os joelhos:

— Sim, você me disse que não tinha muita intimidade com seu pai; é o que sempre acontece: pais e filhos... Quando François vinha sentar no meu colo, eu pensava: é preciso aproveitar, porque isto não durará muito.

Maria Cross se enganava com a significação dos ombros levantados de Raymond, o trejeito da boca. Naquele momento ele desejava afastar a lembrança do doutor, não porque se sentisse indiferente, mas porque, ao contrário, andava obcecado pelo pai, depois do que se passara entre ambos na antevéspera. Acabado o jantar, o doutor reunira-se a Raymond na alameda das parreiras, onde o filho, sozinho, fumava, e pusera-se a caminhar ao lado dele, em silêncio, como um homem que tenta falar. "Que é que ele quer comigo?", perguntava Raymond a si próprio, entregue ao cruel prazer de calar-se, seu prazer das madrugadas de outono, no carro de vidraças a escorrer. E chegara mesmo a apressar maldosamente o passo, porque percebera que o pai tinha dificuldade em segui-lo e ficava um pouco para trás. Mas, de repente, como não o escutasse mais resfolegar, voltou-se: a silhueta escura do doutor mantinha-se imóvel na alameda: ele apertava as duas mãos contra o peito, vacilava, como se estivesse bêbado; deu alguns passos e sentou-se pesadamente. Raymond atirou-se de joelhos; aquela cabeça morta contra o seu ombro. Ele olhava bem perto um rosto de olhos fechados, bochechas pálidas:

— Que é que há, papai? Que é que há, papaizinho? — Aquela voz, ao mesmo tempo súplice e imperiosa, despertara o enfermo, como se possuísse uma virtude: um pouco sem fôlego, ele tentara sorrir, com ar estonteado:

— Não é nada, não há de ser nada...

E contemplava o rosto angustiado do filho, escutava aquela mesma voz meiga de quando Raymond tinha 8 anos:

— Ponha a cabeça no meu ombro; o senhor não tem um lenço limpo? O meu está sujo.

E, delicadamente, Raymond enxugava aquele rosto que voltava à vida. Os olhos reabertos do pai viam os cabelos do adolescente que o vento soerguia um pouco e, para além, um ramo espesso de parra, e mais além, um céu de enxofre, ameaçador, onde parecia que se haviam despejado invisíveis descargas. Amparado no braço do filho, o doutor voltara para casa: a chuva quente se esmagava sobre os ombros de ambos, sobre as faces, mas era impossível caminhar mais depressa. O doutor dizia a Raymond:

— Isto é o que se chama a falsa angina de peito, tão dolorosa quanto a verdadeira... Estou "fazendo" uma intoxicação: vou passar 48 horas na cama, em dieta hídrica... E não me diga uma palavra nem à sua avó nem à sua mãe!

Mas Raymond o interrompeu:

— O senhor não está me enganando? Tem certeza de que não é nada? Jure que não é nada!

E o doutor perguntou em voz baixa:

— Você sentiria muito se eu...

Raymond, porém, não o deixara terminar a frase: passou o braço ao redor daquele corpo arquejante e um grito lhe escapou do peito:

— Que tolice!

O doutor deveria se lembrar mais tarde daquela carinhosa insolência, nas horas más, quando o filho voltasse a ser um estranho, um adversário, um coração surdo que não sabe responder. E os dois haviam entrado na sala, sem que o pai ousasse beijar o filho.

— E se nós falássemos de outra coisa? Não vim aqui para falar do papai, sabe? Temos coisa melhor a fazer, não?

Raymond adiantou uma mão enorme, desajeitada, que ela apanhou no ar.

— Não, Raymond, não; você não o conhece porque vive perto demais dele. Os nossos são aqueles a quem mais ignoramos... Chegamos ao ponto de não mais ver o que nos cerca. Por exemplo, em minha família sempre me acharam feia, porque, quando menina, eu envesgava um pouco os olhos. No liceu, para meu espanto, foi que as minhas colegas me disseram que eu era bonita.

— Isso sim, conte uns casos do colégio de moças.

A ideia fixa lhe envelhecia o rosto. Maria não ousava mais largar aquela grande mão, que ia se tornando úmida; e sentiu mesmo alguma repugnância. Era a mesma mão cujo toque, dez minutos antes, a fizera empalidecer. A mão que, retida por um segundo, a obrigava dias atrás a fechar os olhos, a afastar a cabeça. Agora, era uma mão mole e molhada.

— Não, quero lhe ensinar a conhecer o doutor: sou muito teimosa!

Raymond a interrompeu para afirmar que, ele também, era teimoso:

— E fique sabendo, jurei a mim mesmo que hoje não me deixaria tapear.

Ele disse isso em voz tão baixa e balbuciante que ela pôde fingir não o haver escutado. Aumentou, porém, o espaço entre os dois corpos, depois ergueu-se, abriu uma janela:

— Não se diria que choveu; está abafado. Aliás, ainda estou escutando trovões... Ou então o canhão em Saint-Médard.

Por cima das folhas, ela lhe apontava a cabeça atormentada de uma nuvem profunda, sombria, franjada de sol. Raymond, porém, lhe segurou com ambas mãos os antebraços e a empurrou para a *chaise-longue,* Maria forçou o riso:

— Largue-me! — Quanto mais se debatia, mais ria, para dar a entender que aquela luta era apenas brincadeira, que assim a entendia: — Menino malcriado, largue-me...

Mas o riso se tornava uma careta; tropeçando contra o divã, ela viu de perto cerca de umas mil gotas de suor numa testa baixa; as asas do nariz salpicadas de cravos; e respirava um hálito acre. Mas aquele fauno estouvado tinha a pretensão de reunir numa mão só os pulsos da moça; com um repelão, Maria depressa se libertou. Havia entre eles, agora, a *chaise-longue,* uma mesa, uma poltrona. Maria arquejava um pouco e forçava-se a rir:

— Então você acha, meu filho, que se possui uma mulher à força?

Raymond já não ria, jovem macho humilhado, furioso com a derrota, ferido no ponto nevrálgico daquele orgulho físico que, nele, já era desmesurado, e que sangrava. Durante sua vida inteira deveria recordar aquele minuto em que uma mulher o considerara repugnante (o que não seria nada), mas grotesco também. Tantas vitórias futuras, todas suas vítimas derrotadas e miseráveis, não abrandariam jamais a queimadura dessa primeira humilhação.

Por muito tempo, só à lembrança daquela cena, ele magoaria os lábios com os dentes, e morderia o travesseiro, à noite. Raymond Courrèges continha lágrimas de fúria, a mil léguas de imaginar que o sorriso de Maria poderia ser uma simulação, que ela não estava procurando ferir o rapaz suspeitoso, procurava, sim, não deixar perceber nada daquele desastre, daquele desmoronamento dentro de si. Ah, tomara vê-lo longe! Tomara ver-se só!

De início, Raymond espantava-se por sentir ao seu alcance a famosa Maria Cross; repetia consigo: "Esta mulherzinha simples é Maria Cross". Bastar-lhe-ia estender a mão, ela estava ali, submissa, inerte, e ele poderia segurá-la, deixá--la cair, apanhá-la; e, agora, apenas o gesto dos seus braços estendidos fizera afastar vertiginosamente aquela Maria. Ah, ela ainda estava ali; mas Raymond sabia, de ciência certa, que de agora em diante era-lhe tão impossível tocá-la quanto a uma estrela. Foi então que viu quanto ela era bela; preocupado em descobrir como colher e devorar aquele fruto, sem duvidar um segundo de que aquele fruto lhe era destinado, ele jamais a olhara; e agora o que te resta é devorá-la com os olhos.

Maria repetia suavemente, com medo de irritá-lo, mas com terrível obstinação:

— Preciso ficar só, Raymond... compreenda: precisa me deixar só...

O doutor sofrera porque Maria não lhe desejava a presença; mas Raymond conhecia uma dor pior: a necessidade de não mais nos vermos que o ser amado não dissimula mais, que não pode esconder; ele nos recusa, nos vomita. Nossa ausência é necessária à sua vida; ele arde por nos precipitar no esquecimento: "Apressa-te em sair de minha vida". E se não nos empurra, é porque se arreceia da nossa resistência. Maria Cross entregava o chapéu a Raymond, empurrava a porta, deixava-o passar, a ele que, aliás, só desejava desaparecer, e balbuciava tolos pedidos de desculpas, submerso pela vergonha, voltando a ser um adolescente cheio de horror por si próprio. Mas, mal chegara à estrada, fechado o portão, o rapaz encontrou de súbito as palavras que deveria ter lançado à cara daquela rameira... Tarde demais! E durante anos torturou-o um pensamento: "Ele ir embora sem lhe dar o troco".

Enquanto caminhava, o coração de Raymond se descarregava de todas as injúrias com que não esmagara Maria Cross; a moça depois de fechar a porta e a janela, deitara-se. Além das árvores, um pássaro lançava por vezes um chamado interrompido, como o resmungo confuso de um homem que dorme. O subúrbio ecoava o som dos bondes e das sirenes; as cantigas avinhadas do sábado retiniam nas estradas. No entanto, Maria Cross sentia-se sufocada de silêncio, um silêncio que não lhe era exterior, que subia do mais profundo do seu ser, se acumulava na sala deserta, invadia a casa, o jardim, a cidade, o mundo. E no centro desse silêncio abafante, ela vivia, olhando dentro de si aquela chama a que de súbito faltava qualquer alimento, mas, assim mesmo, inextinguível. De que se alimentava esse fogo? Lembrou-se de que às vezes, no fim das suas noites insones, solitárias, uma derradeira chama erguia-se no borralho negro da lareira, que ela já supunha apagada. Maria procurava na memória o rosto adorável do menino do bonde das 18 horas e não o encontrava mais. Só restava agora um malandrinho arrepiado, louco de timidez e que se esporeava; imagem tão diferente do verdadeiro Raymond Courrèges quanto o era aquela outra com que o embelezara seu amor. E se encarniçava contra aquele a quem transfigurava, divinizara: "Foi por esse garoto sujo que eu me fiz sofrer e me senti feliz...". Maria ignorava que seu olhar, baixando sobre aquele menino informe, bastara para torná-lo um homem — um homem de quem muitas outras iriam conhecer as astúcias, sofrer as carícias, os golpes. Se ela o criara com seu amor, agora acabava a obra, desprezando-o; acabava de largar no mundo um rapaz cuja mania seria provar a si mesmo que era irresistível, embora uma Maria Cross lhe houvesse resistido. Doravante, em todos os seus casos futuros, se infiltraria uma inimizade surda, o prazer de ferir, de fazer gritar a corça à sua mercê; seriam as lágrimas de Maria Cross que, durante a vida inteira, ele faria correr em rostos estranhos. Claro que ele nascera com aquele instinto de caçador, mas, sem Maria, uma fraqueza qualquer o teria abrandado.

— Por esse vagabundo... Que nojo!

E, contudo, a chama inextinguível ardia dentro de si, sem nada mais que a alimentasse. Ente nenhum, no mundo, se beneficiaria com aquela luz, com aquele calor. Para onde ir? Para a Chartreuse, onde estava o corpo de François? Não, não; confessa que, junto desse cadáver, só procurava um álibi. Ela só fora tão fiel nas visitas ao menino do cemitério por amor da volta ao lado de um outro menino vivo. Hipócrita! Nada tinha a fazer, nada tinha a dizer diante de um túmulo; chocava-se com ele, sempre, como diante de uma porta sem fechadura, condenada pela eternidade. Seria o mesmo se se ajoelhasse na poeira da rua... Pequenino François, pinhado de cinzas, tu que eras cheio de riso e de lágrimas... Quem desejar ao pé de si? O doutor, aquele maçante? Não, maçante não... Mas que adiantava o esforço pela perfeição, quando é nosso destino tentar apenas o que é escuso, a despeito de toda nossa boa vontade? O que havia de pior dentro de Maria sabia aproveitar muito bem todas as metas que ela se glorificara em alcançar.

Ela não deseja a presença de ninguém, nem quer estar em nenhum outro lugar do mundo, senão naquela sala de cortinas rotas. Talvez em Saint-Clair? Sua infância em Saint--Clair... Lembra-se do parque, para onde fugia, quando de lá ia embora aquela família clerical, inimiga de sua mãe. Parecia que a natureza estava à espera da partida daquela gente, depois das férias de Páscoa, para romper seu burel de folhas. As samambaias subiam, engrossavam, venciam, com a sua onda verde e espumosa, os ramos baixos dos carvalhos; mas os pinheiros balançavam os mesmos cimos cinzentos que pareciam indiferentes à primavera, até que numa manhã eles também arrancavam de si uma nuvem de pólen: o imenso enxofre do seu amor. E Maria encontrava numa volta de vereda uma boneca quebrada, um lenço preso aos garranchos. Mas hoje, estranha àquela região, nada a acolhia, senão a areia, onde se deitara de bruços.

Justine avisou que o jantar estava servido: Maria arrumou os cabelos e sentou-se defronte da sopa fumegante. E como a criada e o marido não queriam perder a sessão de cinema, meia hora depois ela se viu novamente sozinha à janela da sala. A tília cheirosa ainda não tinha perfume; por baixo da tília, já os rododendros estavam escuros. Com medo do nada, para recuperar o fôlego, Maria procurava qualquer coisa a que se apegar. "Cedi", pensava ela, "àquele instinto de fuga que quase todos nós sentimos diante do rosto humano enfeiado pela fome, pela urgência. Tu te convences de que aquele animal é um ente diverso do menino que adoravas, era o mesmo menino, mas com a máscara: tal como as mulheres grávidas usam no rosto uma máscara biliosa, os homens tomados de amor trazem também, colada à face, essa aparência, às vezes horrenda, e sempre terrível, do animal que neles se agita. Galateia foge do que a aterroriza, que é também o que a atrai... Eu sonhava com uma longa estrada, onde, numa caminhada insensível, passássemos das regiões temperadas às mais ardentes: mas o estouvado apressou-se... Porque não me resignei àquele furor! Era aí, e não além, que eu teria encontrado o inimaginável repouso; e talvez melhor do que repouso... Talvez não exista entre os seres nenhum abismo que um excesso de amor não seja capaz de preencher... Que amor?" Ela se lembrou; a boca de Maria torceu-se, emitiu um "hééé" de repugnância; imagens a assaltaram: e ela viu Larousselle afastando-se, a cara rubra, a praguejar: "Que é que você quer?".

Que era, pois, que ela queria? Maria vagueava pela sala deserta, debruçava-se à janela, sonhava com um ignoto silêncio no qual sentiria seu amor sem que esse amor tivesse que dizer qualquer palavra, e assim mesmo o bem-amado a escutaria, apreenderia nela o desejo, antes mesmo que esse desejo nascesse. Qualquer carícia indica um intervalo entre dois seres. Mas se eles estivessem tão confundidos um no outro que o amplexo se tornasse desnecessário, aquele breve amplexo que o pudor desata... O pudor? Pareceu-lhe escutar o riso de rameira de Gaby Dubois e sua exclamação, certo dia:

— Mas não, não, fale só por você! Ao contrário, só isso é que ainda é bom, só isso é que não decepciona. Na droga da minha vida, é o único consolo.

De onde vem sua repugnância? Terá algum sentido? Será testemunha de um desejo especial por alguém? Mil ideias confusas despertavam em Maria, desapareciam, como se lhe passassem por cima da cabeça, como no céu azul deserto passam as estrelas cadentes, as bólides perdidas.

"Será", pensa Maria, "que a minha lei não é a lei comum? Sem marido, sem filhos, sem amigos, ninguém pode ser mais só no mundo; mas que era essa solidão, ao preço de um outro isolamento do qual a mais carinhosa família não a libertaria: o isolamento que sentimos ao reconhecer em nós os sinais de uma espécie singular, de uma raça quase perdida, cujos instintos nós interpretamos, e as suas exigências, e as suas misteriosas metas? Ah, deixar de se extenuar nessa pesquisa! Se o céu ainda estava pálido, com um resto de luz do dia e da lua nascente, as trevas se amontoavam sob as folhas tranquilas. Com o corpo inclinado para a noite, atraído, como que aspirado pela tristeza vegetal, Maria Cross cedia menos ao desejo de beber naquele rio de ar atravancado de ramos, que à tentação de perder-se nele, dissolver-se, para que enfim o seu deserto interior se confundisse com o deserto do espaço, para que esse silêncio de dentro dela não fosse mais diferente do silêncio das esferas."

X

Raymond Courrèges, contudo, depois de, no caminho, desembaraçar-se de todas as injúrias com que não esmagara Maria Cross, sentia necessidade de sujá-la mais, e eis por que, mal entrou, teve vontade de ver o pai. Como o doutor lhe dissera, resolvera acamar-se durante 48 horas, sem comer, bebendo apenas água, para grande alegria da mãe e da esposa. A falsa angina de peito não bastaria para resolver fazer isso, o que resolveu foi a curiosidade de estudar em si próprio os efeitos desse tratamento. Robinson já aparecera no dia anterior.

— Eu preferiria o doutor Dulac — dizia madame Courrèges —, mas, afinal de contas, Robinson também é médico e sabe auscultar.

Robinson deslizava ao longo das paredes, subia furtivamente as escadas, sempre na angústia de se encontrar cara a cara com Madeleine, embora eles jamais houvessem chegado ao noivado. O doutor, de olhos fechados, cabeça vazia, estranhamente lúcido, o corpo livre sob os lençóis leves, abrigado da luz do dia, seguia sem esforço as sendas dos pensamentos; e seu espírito vagueava por essas sendas perdidas, recuperadas, emaranhadas, como o cão que fareja as moitas ao redor do dono que passeia, mas não caça. Compunha sem fadiga os artigos que agora só precisava escrever, respondia ponto por ponto às críticas que suscitara sua última comunicação à Sociedade de Biologia. Era-lhe doce a presença da mãe, e também lhe era doce a presença da mulher, e uma doçura nova era perceber isso: imóvel enfim, após uma corrida extenuante, ele se deixava alcançar por Lucie; admirava a maneira da mãe apagar-se para evitar qualquer conflito: as duas mulheres partilhavam sem disputa aquela presa temporariamente arrancada ao trabalho, ao estudo, a um amor ignorado, e que não se debatia, que se interessava por suas menores palavras, cujo universo se apequenava na proporção do universo delas. E ei-lo a querer saber se Julie ia embora de vez ou se se poderia esperar que ela se entendesse com a criada de Madeleine. Mas, fosse a mão da mãe ou a da esposa que lhe tocasse a testa, o doutor reencontrava a segurança de quando era um menino doente; regozijava-se por não ter que morrer só; pensava que a morte deve ser o que há de mais simples neste mundo, num quarto de móveis familiares, de acaju, onde nossa mãe, nossa mulher, se forçam a sorrir; e o sabor do último momento é disfarçado por elas, como o sabor dos outros remédios amargos. Sim, ir embora agasalhado naquela mentira, saber deixar-se enganar...

Uma listra de luz invadiu o quarto: Raymond entrava, resmungando:

— Não se enxerga nada!

E aproximou-se daquele homem deitado, a única pessoa aos olhos da qual ele poderia enlamear Maria Cross, naquela noite; e já sentia na boca o gosto do que iria vomitar.

O enfermo lhe disse:

— Venha me dar um beijo — e olhava ardentemente para aquele filho que, na antevéspera, na alameda das parreiras, lhe enxugara o rosto. Mas, vindo da claridade para aquela penumbra, o adolescente enxergava mal os traços do pai, e indagou em tom brusco:

— Papai, se lembra da nossa conversa a respeito de Maria Cross?

— Lembro, e daí?

Nesse momento Raymond, curvado sobre o corpo estendido, como para abraçá-lo ou como para lhe dar uma punhalada, descobriu dois olhos cheios de angústia, pregados aos seus lábios. E compreendeu que o pai também sofria. E pensou consigo: "Eu já sabia, desde a noite em que ele me chamou de mentiroso...". Não havia nenhum ciúme em Raymond, já que lhe seria impossível imaginar jamais o pai como um amante; ciúme nenhum, mas um estranho desejo de lágrimas, misturado de irritação e zombaria; pobres faces grisalhas, sob a barba rala e aquela voz compacta, que implora:

— E então? Que é que você soube? Diga!

— Tinham me enganado, papai. E quero lhe dizer que só você conhece bem Maria Cross. Agora descanse. Como está pálido! Tem certeza de que essa dieta é boa para o senhor?

Raymond escuta com estupor as próprias palavras, o contrário do que gostaria de dizer, aos gritos. Põe a mão sobre a testa árida e triste, a mão que ainda há pouco Maria Cross segurava. O doutor acha aquela mão fresca e receia que ela se afaste.

— Minha opinião a respeito de Maria é muito antiga...

E como madame Courrèges entrava no quarto, o doutor pôs o dedo nos lábios. Raymond, sem rumor, afastou-se.

A mãe do doutor trouxe uma lâmpada a querosene (porque, fraco como ele estava, a eletricidade lhe doeria nos olhos) e, colocando-a sobre a cômoda, baixou o abajur. Aquela luz circunscrita, aquela luz de outrora, fazia renascer o mundo misterioso dos quartos que não existem mais, onde uma lamparina lutava contra a sombra espessa, cheia de móveis meio submersos. O doutor amava Maria, mas afastara-se dela. Amava como os mortos nos devem amar. Ela reunia todos os seus outros amores, desde a adolescência... E acompanhando essa pista, o doutor descobriu que um sentimento o ocupara sempre, de ano em ano, semelhante àquele do qual mal deixava de sofrer; ele poderia até remontar o fio monótono desses sentimentos; enumerar os nomes de suas paixões, quase todas igualmente vãs... E, contudo, ele fora jovem... Não era, portanto, apenas a idade que o separava de Maria Cross: aos 25 anos, não saberia transpor melhor o deserto que havia entre si e aquela mulher. Mal saíra do colégio, na idade que tinha Raymond agora, recordava-se de haver amado sem um minuto de esperança... Era uma lei de sua natureza jamais poder atingir àqueles que amava; e nunca tivera melhor consciência disso do que nas ocasiões em que quase o conseguia, quando puxava para junto de si o objeto tão cobiçado, subitamente diminuído, tão mais pobre, tão diverso daquilo que por ele o doutor sofrera. Não, não deveria procurar no espelho o motivo da sua solidão, solidão dentro da qual era preciso morrer. Outros homens, como o fora seu pai, como decerto o seria Raymond, até a velhice, seguem sua lei, obedecem à sua vocação amorosa, e ele, até na mocidade, obedecera ao seu destino solitário.

As senhoras haviam descido para o jantar, e o doutor escutava um ruído da sua infância: as colheres batendo nos pratos; mas mais próximos ao seu ouvido e ao seu coração era aquele fremir de folhas na sombra, os grilos, o sapo a contar que chovera. Depois as senhoras subiram. E diziam:
— Você deve estar muito fraco...
— Não poderia me sustentar em pé.
Mas como a dieta era um remédio, elas se regozijavam com a sua fraqueza.
— Você deve sentir necessidade de tomar...
Aquela fraqueza o ajudara a reencontrar em si o menino que fora. As duas mulheres conversavam em voz baixa; o doutor escutava um nome e as interrogava:
— Não era uma moça da família Malichecq?
— Você está ouvindo?... Pensei que dormia... Não, a cunhada é que é Malichecq... Ela é Martin...
Mas o doutor dormia quando os Basque chegaram e só reabriu um olho quando escutou que se fechava a porta dos quartos deles. Logo a velha enrolou o tricô, levantou-se pesadamente, beijou o filho na testa, nos olhos, no pescoço, e disse:
— Você não está com o corpo quente...
E o doutor ficou só com madame Courrèges, que gemeu:
— Raymond outra vez tomou o último bonde para Bordeaux! Sabe Deus a que horas voltará: estava com uma cara esta noite! Chegava a fazer medo... Quando acabar o dinheiro que ganhou de festas, vai se endividar... Se já não começou...

O doutor disse em voz baixa:

— Nosso garoto Raymond... já com 19 anos... — e estremeceu, pensando nas ruas desertas de Bordeaux, à noite; lembrava-se daquele marinheiro em cujo corpo estirado tropeçara, certa noite, e que tinha o rosto e o peito sujos de sangue. Ainda se ouviam passos no andar superior... um cão ladrou furioso do lado dos comuns. Madame Courrèges aguçou o ouvido:

— Estou escutando alguém caminhar... Ainda não pode ser Raymond; o cachorro já teria se calado.

Alguém se dirigia para a casa, mas sem precaução, procurando, ao contrário, mostrar que não se escondia. Bateram nas venezianas da porta-janela. Madame Courrèges debruçou-se:

— Quem é?

— Mandaram chamar o doutor, é urgente.

— O doutor não pode sair à noite, o senhor sabe. Vá à aldeia, procure o doutor Larue.

O homem, que segurava na mão uma lanterna, insistia. O doutor, ainda sonolento, gritou para a mulher:

— Diga que não adianta. Afinal, não valia a pena vir-se morar no campo, justamente para que não nos incomodem à noite...

— É impossível, moço. Meu marido só atende a consultas... E, aliás, ele tem compromisso com o doutor Larue...

— Mas, minha senhora, trata-se de uma cliente dele, uma vizinha... Quando ele souber o nome dela, há de vir. É madame Cross, Maria Cross, que caiu e machucou a cabeça.

— Maria Cross? E por que o senhor acha que ele vai se incomodar por causa dela, de preferência a qualquer outra pessoa?

Mas o doutor, ao escutar aquele nome, já se levantara, empurrara um pouco a mulher e se debruçara para a noite:

— É você, Maraud? Que foi que aconteceu com a madame?

— Uma queda, doutor, caiu de cabeça... Está delirando; e chamando o senhor doutor.

— Espere cinco minutos, enquanto me visto...

E o doutor, fechando a janela, saiu à procura da roupa.

— Você não vai até lá, vai?

Ele não respondeu, indagando de si, em voz baixa: "Onde estão as minhas meias?". A mulher protestava; ele não acabara de dizer que não se incomodaria por dinheiro nenhum, à noite? Por que a mudança? Nem podia ficar de pé, ia desmaiar de fraqueza.

— Trata-se de uma cliente. Você compreende que não posso hesitar.

Ela repetiu, sarcástica:

— Sim, compreendo. Levei tempo... mas agora compreendo.

Nesse momento, madame Courrèges ainda não desconfiava do marido e só procurava magoá-lo. Mas ele, seguro do seu afastamento, de sua renúncia, não desconfiava de nada. Depois da paixão que o torturara, nada lhe parecia menos culpável nem mais confessável do que seu afetuoso alarme naquela noite. Não pensava o doutor que a mulher não podia, como ele próprio, comparar o estado antigo e o estado presente do seu amor por Maria Cross. Dois meses antes ele não teria ousado mostrar a própria angústia, tal como o fazia esta noite. No ardor de uma paixão, nossos gestos instintivamente a dissimulam; mas quando renunciamos às suas alegrias, quando aceitamos a fome e a sede eternas, já não vale a pena, pensamos, nos afadigarmos em disfarçar.

— Não, Lucie, tudo isso agora está muito longe de mim... Tudo isso já acabou. Sim, tenho muita afeição a essa infeliz; mas não tem nada a ver...

Ele apoiou-se à cama e murmurou:

— É verdade, estou em jejum.

E pediu à mulher que lhe fizesse um pouco de chocolate no fogareiro a álcool.

— Você pensa que eu vou encontrar leite a esta hora?! E provavelmente não resta mais pão na cozinha. Depois que você tratar da rapariga ela vai lhe preparar uma ceiazinha... Valerá a pena o incômodo!

— Como você é tola, Lucie! Se você soubesse...

Ela lhe segurou a mão e falou bem de perto:

— Você disse: "Tudo isso já acabou, tudo isso está longe de mim", quer dizer, portanto, que houve qualquer coisa entre os dois? Que foi? Tenho o direito de saber. Não lhe censuro nada, mas quero saber.

Sem fôlego, o doutor teve que se amparar por duas vezes enquanto se calçava. E resmungava:

— Falei de modo geral... Não me referia a Maria Cross... Será que você não olhou para mim, Lucie?

Ela, porém, rememorava os últimos meses passados: ah, agora entendia, tudo se explicava, tudo lhe parecia claro.

— Paul, não vá à casa dessa mulher. Nunca lhe pedi nada... Você podia me fazer isso.

O doutor protestou docemente que aquilo não dependia dele. Ele tinha obrigações para com um cliente enfermo, talvez prestes a morrer: uma queda de cabeça poderia ser fatal.

— Se você me impedir de sair, será responsável por essa morte.

Lucie afastou-se do marido, sem encontrar resposta. E balbuciava, ao afastar-se:

— Talvez seja uma encenação, eles se combinaram... — depois lembrou-se de que desde a véspera o doutor não comera nenhum alimento. Sentada numa cadeira, ficou atenta ao murmúrio de vozes no jardim.

— Sim, ela caiu da janela... só pode ter sido um acidente: se quisesse se matar não iria escolher a janela da sala, com tão pouca altura... Sim, está delirando. Diz que a cabeça dói... não se lembra de nada.

Madame Courrèges escutou o marido dar ordens ao homem para ir procurar gelo na aldeia. Encontraria gelo no hotel ou no açougueiro; precisava também apanhar na farmácia um xarope de bromureto.

— Vou passar pelo Bois de Berge. Irei mais depressa do que se mandasse atrelar o carro.

— O senhor não vai precisar da lanterna. Com este luar, é claro como dia.

E mal o doutor transpusera o pequeno portão, escutou alguém a lhe correr atrás; uma voz arquejante o chamava pelo nome. Reconheceu então a esposa, de roupão, com a sua trança noturna e que, sem fôlego e sem poder falar, lhe oferecia um pedaço de pão dormido e uma espessa barra de chocolate.

Ele atravessou o Bois de Berge onde a lua manchava as clareiras, sem poder penetrar a folhagem; reinava, porém, sobre a estrada, onde se espalhava como sobre um leito aberto pelo seu clarão. Aquele pão, aquele chocolate, tinham o sabor dos seus lanches no internato, o gosto da sua alegria, pela madrugada, quando saíra para caçar, quando seus pés se molhavam de orvalho e ele tinha 17 anos. Estonteado pelo choque, o doutor mal começava a lhe sentir a dor: "Se Maria Cross ia morrer... por que quisera morrer? Será que o quisera? Ela não recorda nada... Ah, como são irritantes essas vítimas de 'choque', que nunca se lembram de nada e encobrem de trevas o momento crucial do seu destino! Mas não deveria interrogá-la: o principal era que o cérebro da enferma trabalhasse o mínimo possível... Lembra-te de que tu és apenas um médico à cabeceira de uma doente. Não, não é um suicídio: quando a gente quer morrer não escolhe uma janela baixa... E, que eu sabia, ela não toma drogas... É verdade que o quarto de Maria cheirava a éter, certa noite... mas foi uma noite de enxaqueca...".

Para além da sua angústia sufocante, nos confins de sua consciência, outra tempestade se acumulava, e rebentaria a seu tempo: "Coitada da Lucie! Com ciúmes! Que miséria! Mais tarde eu penso nisso. Afinal, cheguei. Parece um jardim de teatro, ao luar... Tolo como um cenário de *Werther*... Não escuto gritos". A porta principal estava entreaberta. O doutor, por hábito, dirigiu-se para a sala deserta, voltou atrás, subiu um andar. Justine lhe abriu a porta do quarto. E ele se aproximou da cama onde Maria Cross, a gemer, empurrava com a mão uma compressa que lhe cobria a testa. E ele não viu o corpo, onde se colara o lençol e que tantas vezes, em pensamento, despira. Não viu os cabelos desatados, nem o braço descoberto até a axila; só o que o interessava é que ela o reconhecesse, que o delírio fosse apenas intermitente. Maria repetia:

— Que aconteceu, doutor? Que foi que houve?

E o médico constatou: amnésia. E depois, debruçado sobre aquele peito nu cujo doce aspecto velado antes o fazia fremir, escutou o coração; em seguida, tocando com o dedo leve a fronte ferida, traçava as fronteiras da contusão:

— Dói aqui? E aqui? E aqui?

Ela também sentia dores no quadril; o doutor afastou com precaução o lençol, só desnudou o pequeno espaço contuso, depois a recobriu. De olho no relógio, contou as pulsações. Aquele corpo lhe era entregue para que ele o curasse e não para que o possuísse. Seus olhos sabem que para eles não se trata de encantar-se, mas de observar; ele olha aquele corpo ardentemente, com toda sua inteligência; seu espírito lúcido impede caminho ao triste amor.

Maria geme:

— Está doendo! Como dói! — e afastava a compressa, reclamando outra, que a criada molhava na vasilha. O chofer apareceu com um balde de gelo; mas, quando o doutor quis aplicar o gelo na testa de Maria, ela repeliu a calota de borracha e reclamou em tom imperioso uma compressa quente. E gritava ao médico:

— Ande depressa! Leva uma hora para cumprir minhas ordens!

O doutor se interessava muito por esses sintomas que ele já observara em outros "chocados". Aquele corpo que estava ali, aquela fonte carnal dos seus sonhos, dos seus devaneios desolados, dos seus deleites, já não suscita nele senão uma curiosidade intensa, uma atenção decuplicada. A doente falava agora sem delirar, mas com abundância; o doutor admirava-se ao ver que Maria, cuja locução era comumente tão defeituosa, que tinha por hábito procurar as palavras e nem sempre as encontrava, se tornasse de súbito quase eloquente, atingisse sem esforço a expressão mais adequada, o termo erudito. Que mistério, pensava ele, esse cérebro a que um choque decuplica o poder!

— Não, doutor, não: eu não quis morrer. Proíbo-o de acreditar que eu sequer o desejei. Não recordo nada, mas o certo é que eu não quis morrer, mas dormir. Nunca aspirei senão ao repouso. Se alguém alardeou de me haver levado a procurar a morte, eu o proíbo de acreditar nisso; o senhor compreende? Eu o pro-í-bo.

— Sim, minha amiga... juro que ninguém se gabou disso... Levante-se um pouco; tome isto: é bromureto... Vai acalmá-la.

— Não tenho necessidade de me acalmar. Sinto dores. Mas estou calma. Afaste um pouco a luz. Que pena, manchei os lençóis. Eu derramo mais do seu remédio, se isso me agradar.

E, como o doutor lhe indagasse se ainda sofria, se a dor diminuíra, ela respondeu que sofria além do possível, e que era não apenas da contusão; e, verbosa, elevou de novo a voz, o que inspirou a Justine esta observação:

— Madame fala como um livro.

O doutor mandou a criada repousar e disse-lhe que faria companhia à doente até o amanhecer.

— E agora eu lhe pergunto, doutor, que outra solução pode haver, além do sono? Tudo me parece tão claro agora! Compreendo o que não compreendia; os seres que nós acreditamos amar... esses amores que acabam tão miseravelmente... agora conheço a verdade... (E ela afastou com a mão a compressa que esfriara e ficou com os cabelos molhados colados à testa, como que suados.) Amores, não, um único amor em nós; e nós colhemos, ao acaso dos encontros, ao acaso dos olhos e da boca, o que talvez pudesse corresponder a esse amor. Que loucura esperar atingir esse objetivo!.. Pense que não há nenhum outro caminho entre nós e esses seres do que o tocar, o abraçar... a volúpia, afinal! Mas nós sabemos muito bem aonde leva esse caminho, e por que ele foi traçado: para continuar a espécie, como o senhor diz, doutor, e somente para isso. Sim, compreenda, nós tomamos o único caminho possível, mas o caminho que não foi traçado para aquilo que nós procuramos...

O doutor, a princípio, só prestara uma atenção distraída àquele discurso que ele não tentava compreender, curioso apenas ante a confusa eloquência da enferma, como se o abalo físico fosse o bastante para despertar nela ideias adormecidas.

— Doutor, seria preciso amar o prazer. Gaby dizia: "Não, Maria, meu bem, foi a única coisa no mundo que não me decepcionou, imagine". Mas aí, o prazer não está ao alcance de todos... Eu não estou à altura do prazer... E só o prazer nos faz esquecer o objetivo que nós procuramos, e ele próprio se torna nesse objetivo. "Animalize-se", é fácil de dizer.

O doutor observa que é curioso que ela aplique à volúpia o preceito de Pascal relativo à fé. Para acalmá-la, custasse o que custasse, e para que ela repousasse, ele lhe ofereceu uma colher de xarope. Mas, empurrando a colher, Maria novamente manchou os lençóis.

— Não, não quero calmante; tenho o direito de derramá-lo em cima de minha cama. Não há de ser o senhor que vai me impedir!

E, sem transição, ela se pôs a falar:

— Sempre entre mim e aqueles que eu quis possuir se estendeu essa região fétida, esse pântano, essa lama... Eles não compreendiam... Achavam que era para que nos enlameássemos juntos que eu os havia chamado...

Seus lábios moviam-se. E o doutor imaginava que ela murmurava sobrenomes, nomes; inclinou-se avidamente para Maria, mas não escutou o nome que o teria abalado. Durante alguns segundos esqueceu a doente, não viu senão uma mulher mentirosa, ralhou:

— Como as outras, ora! Como as outras, você também só procurou isso: o prazer... Mas todos, todos, todos nós só procuramos isso...

Maria levantou os lindos braços, escondeu o rosto e gemeu longamente. O doutor murmurou: "Que é que eu tenho? Estou louco!". Renovou a compressa, encheu mais uma colher de xarope, segurou um pouco a cabeça dolorida. Maria consentiu afinal em tomar o remédio; e, depois de um silêncio, disse:

— Sim, eu também, eu também. Mas o senhor sabe, doutor, quando se vê o relâmpago e se escuta o raio no mesmo segundo? Pois bem, em mim o prazer e o nojo se confundem, como o relâmpago e o raio: me atingem juntos. Não há intervalo entre o prazer e o nojo.

Acalmou-se mais, deixou de falar. O doutor sentou-se numa poltrona e ficou de vigia, cheio de pensamentos confusos.

Supunha Maria adormecida, mas de repente a voz dela se elevou sonhadora, pacificada:

— Um ente que nós pudéssemos atingir, possuir, mas não na carne... por quem fôssemos possuídos.

Afastou com mão incerta o pano molhado da fonte; depois seguiu-se o silêncio da noite que declina, a hora do sono mais profundo; os astros mudaram de lugar e nós não os reconhecemos.

"O pulso está calmo; ela dorme como uma criança cujo respirar é tão leve que a gente se levanta para verificar se está viva. O sangue sobe à face e a ilumina. Já não é um corpo que sofre: a dor dela já não a defende contra o teu desejo. Será necessário que a tua carne atormentada continue ainda muito tempo de vigília, junto a esta carne adormecida? 'Prazer da carne', pensa o doutor. Paraíso aberto aos simples... Quem disse que o amor é um prazer de pobres? Eu poderia ser o homem que, todas as noites, findo o seu dia, se deita ao lado desta mulher... Ela teria sido mãe várias vezes... Todo o seu corpo mostraria as marcas daquilo que foi usado e se gasta diariamente em tarefas baixas... Nenhum desejo mais... hábitos sórdidos... Já é madrugada! Como essa criada demora a aparecer!"

O doutor receia não poder andar até sua casa, persuade-se de que é a fome que o esgota, e, contudo, teme o coração, cujas batidas conta. A angústia física o liberta da tristeza amorosa; mas já, sem que nada o prevenisse, o destino de Maria Cross imperceptivelmente se desliga do seu: as amarras foram rompidas, as âncoras, erguidas, o vapor move-se e a gente ainda não sabe que ele se move; mas dentro de uma hora será apenas uma mancha no mar. O doutor muitas vezes notara que a vida ignora os preparativos; desde a adolescência os objetos da sua ternura quase sempre desapareceram de repente, carregados por outra paixão, ou, mais humildemente, mudaram-se, deixaram a cidade, deixaram de escrever. Não é a morte que nos toma aqueles a quem amamos. Ela, ao contrário, guarda-os em nós e os fixa na sua adorável juventude: a morte é o sal do nosso amor; é a vida que dissolve o amor. Amanhã o doutor estará doente, enfermo, com a esposa sentada à cabeceira. Robinson cuidará da convalescença de Maria Cross e a mandará às águas de Luchon, porque seu melhor amigo instalou-se lá e é preciso ajudá-lo a fazer clientela. No outono, o senhor Larousselle, cujos negócios o chamam frequentemente a Paris, decidirá alugar um apartamento próximo ao Bois, e proporá a Maria Cross viver lá, pois que ela preferirá morrer, dissera Maria, a voltar à casa de Talence com seus tapetes rotos, as cortinas cheias de buracos, e sofrer novamente os insultos dos bordeleses.

À entrada da criada no quarto, mesmo que o doutor não se sentisse tão fraco que nada mais lhe podia ocupar o espírito senão sua fraqueza, mesmo que ele estivesse pleno de força e de vida, nenhuma voz interior o advertiria para que olhasse longamente Maria Cross adormecida. Ele não deveria nunca mais voltar àquela casa, mas disse à criada:

— Voltarei à noite... Dê-lhe ainda uma colher do calmante, se ela se agitar.

E, como ele titubeasse, como se precisasse agarrar-se aos móveis, foi aquela a única vez em que, ao deixar Maria Cross, ele não se voltou.

O doutor esperava que o ar fresco das 6 horas lhe açoitasse o sangue, mas teve que se deter ao pé da entrada, com os dentes batendo. Aquele jardim, tantas vezes atravessado em alguns segundos, quando ele voava para seu amor, agora, ele espia o portão, lá longe, e diz a si mesmo que não terá forças para alcançá-lo. O doutor se arrasta na bruma, pensa em desandar a caminho; jamais poderá andar até a igreja, onde talvez consiga socorro. Eis afinal o portão; atrás do gradil um carro: o seu, e ele reconhece através da vidraça corrida o rosto imóvel e morto de Lucie Courrèges. Abre a portinhola, abate-se contra a mulher, apoia a cabeça no seu ombro e perde consciência.

— Não se agite, Paul, Robinson está cuidando de tudo no laboratório; ele está vendo seus doentes... Está neste momento em Talence, você sabe onde... Não fale.

O doutor, do fundo do seu abismo de fadiga, observa a angústia das senhoras, escuta cochichos por trás da porta. Ele não duvida de que está muito doente, e não acredita em nada do que elas dizem: "Uma simples gripe... mas foi o bastante, no estado de anemia em que você se encontra...".

Ele pede para ver Raymond, mas Raymond nunca está:

— Ele veio enquanto você estava dormindo e não quis acordá-lo. Na verdade, fazia três dias que o tenente Basque procurava inutilmente Raymond em Bordeaux; e só confiaram o segredo a um detetive amador: "O importante é que não se saiba disso...".

Passados seis dias, Raymond entrou uma noite na sala de jantar, quando estavam à mesa; vinha magro, o rosto cavado, com a marca de um murro sob o olho direito. Comeu vorazmente, e as próprias meninas não o ousaram interrogar. Perguntou à avó onde é que estava o pai.

— Está gripado... não é nada, mas ficamos um pouco preocupados por causa do coração dele. Robinson diz que não devemos nos descuidar. Eu e sua mãe passamos as noites com ele.

Raymond declarou que aquela noite era a sua vez de fazer companhia ao doente.

— Você faria melhor se fosse dormir... se visse a cara com que está...

Raymond protestou que não sentia nenhuma fadiga e que dormira muito bem durante todo aquele tempo.

— Em Bordeaux, camas é que não faltam, você sabe.

E isso foi lançado em tal tom que Basque baixou o nariz. Mais tarde, quando o doutor abriu os olhos, viu Raymond de pé e, puxando-o para si, murmurou:

— Você está cheirando a almíscar. Não estou precisando de nada; vá se deitar.

Mas, pela meia-noite, foi despertado novamente pelas idas e vindas de Raymond dentro do quarto. O adolescente escancarara a janela e debruçava-se nela, resmungando:

— A noite está abafadíssima.

Entraram mariposas. Raymond tirou o casaco, o colete, o colarinho, e voltou a se sentar na poltrona; e o doutor escutou, alguns segundos após, a respiração calma do filho.

Ao amanhecer, o doente acordou antes daquele que o velava, e, estupefato, ficou a olhar o rapaz, com a cabeça pendida e sem sopro, como que morto pelo sono. A manga da camisa estava rasgada sobre o braço musculoso, cor de charuto, onde aparecia uma tatuagem, das que os marinheiros costumam desenhar.

XI

A porta giratória do pequeno bar não parava de rodar; em torno dos pares que dançavam, apertava-se o círculo das mesas e, sob os seus passos, como a famosa pele de onagro, contraía-se o tapete de couro: de limites tão estreitos, as danças só podiam ser verticais. Nas banquetas, as mulheres riam ao verificar nos braços apertados uns contra os outros a marca vermelha de involuntárias carícias. A tal chamada Gladys e seu companheiro se envolviam em peliças:

— Então, vocês não vêm?

Larousselle declarou que eles iam embora no momento em que a coisa estava ficando divertida. Com as duas mãos enfiadas nos bolsos, gingando os ombros, o ventre provocante, ele trepou num tamborete alto, fez rir o barman e alguns rapazes aos quais declarou ter o segredo de um coquetel afrodisíaco. Maria, sozinha na mesa, bebeu ainda um gole de champanhe, depôs a taça. Sorria vagamente, indiferente à presença de Raymond, absorta numa paixão que Raymond ignorava, defendida contra ele, separada dele pelo que 17 anos acumulam numa existência. Mergulhador cego e estouvado, Raymond surgia do fundo dos anos mortos, remontava à superfície. Contudo, aquilo que lhe pertencia pessoalmente, naquele passado confuso, era apenas uma estreita vereda, depressa percorrida entre trevas espessas; de focinho no chão, ele seguira a sua pista, ignorando todas as outras que a cruzavam... Mas passara o tempo de sonhar: através da fumaça e dos pares, Maria Cross atirou-lhe um olhar depressa desviado. Por que ele nem sequer lhe sorriu? Raymond assusta-se ao ver que, depois de tantos anos, sob o olhar daquela mulher, se recompõe o adolescente que ele foi: tímido, possuído de um desejo sorrateiro. O Courrèges, famoso pela audácia, estremecia, naquela noite, porque, de um segundo a outro, Maria Cross poderia levantar-se e desaparecer. Será que ele não tentaria qualquer manobra? Ele que sofria da fatalidade que nos condena à escolha exclusiva, imutável, que uma mulher faz em nós de certos elementos, e ela ignorara eternamente todos os outros. Nada se pode fazer contra as leis de tal química: cada ser com quem nos chocamos suscita em nós sempre o mesmo elemento, e que em geral nós gostaríamos de dissimular. Para nossa dor, vemos o ser amado compor sob os nossos olhos a imagem que ele em si mesmo faz de nós, abolir nossas virtudes mais preciosas, apresentar em plena luz aquela fraqueza, aquele vício ridículo... E ele nos impõe sua visão, e enquanto nos olhar, nos obriga a nos conformarmos com aquela sua concepção estreita. E jamais saberá que, aos olhos de outro alguém, cuja afeição para nós não tem valor, nossa virtude irradia, nosso talento resplandece, nossa força parece sobrenatural, nosso rosto se assemelha ao rosto de um deus.

Voltando a ser, sob o olhar de Maria Cross, um adolescente envergonhado, Courrèges já não pensava em vingar-se: seu desejo humilde consistia em que aquela mulher soubesse da sua carreira de conquistador, de todas as suas vitórias; mal ela o expulsara de Talence, fora ele, ao pé da letra, raptado e sustentado por uma americana que durante seis meses o manteve no Ritz (a família supunha que Raymond estava em Paris preparando-se para o exame de admissão à Escola Central). Mas justamente isso é que não era possível, parecia-lhe: revelar-se a Maria Cross diferente do que ele fora no salão "luxo e miséria" abafado de tapeçarias, no dia em que ela lhe dizia, com o rosto virado: "Tenho necessidade de ficar só, Raymond; compreenda, preciso ficar só".

Chegara a hora em que a onda de frequentadores se retirava; mas ficavam os fregueses constantes do pequeno bar, aqueles que, junto com o sobretudo, no vestiário, se despiam de sua dor cotidiana. Aquela moça de vermelho rodava de alegria, com os braços abertos como asas, e o par a segurava pelos quadris: como eram felizes, aqueles dois efêmeros unidos em pleno voo! Sobre ombros enormes, um americano tinha uma cabeça curta de rapazinho: atento às instruções de um deus interior, ele sozinho, improvisava passos de dança, talvez obscenos; e como o aplaudiam, ele cumprimentou desajeitado a assistência, com um sorriso de menino feliz.

Victor Larousselle sentara-se novamente em frente a Maria e às vezes se voltava, encarando Raymond. Seu rosto largo, de um vermelho-avinhado (salvo sob os olhos, onde havia edemas escuros), parecia exigir um cumprimento. Em vão, Maria lhe suplicava que olhasse para o outro lado: o que

Larousselle não podia tolerar em Paris era o número infinito de caras desconhecidas. Na sua cidade, quase não havia um rosto que não lhe recordasse um nome ou alianças de família, e que ele não pudesse localizar imediatamente, quer à direita, entre as pessoas que nos merecem cortesia, quer à esquerda, entre os mal-afamados que a gente conhece, mas não cumprimenta. Nada há mais comum que essa memória para fisionomias, cujo privilégio os historiadores atribuem aos grandes homens: Larousselle lembrava-se de Raymond por tê-lo visto outrora no cupê do pai, e por lhe ter feito festinhas no rosto, certo dia. Em Bordeaux, na calçada da Intendência, ele não teria dado o mínimo sinal, mas aqui, além de não lhe ser possível habituar-se à humilhação de não ser reconhecido por ninguém, seu desejo secreto era que Maria não ficasse sozinha, enquanto ele brincava com as duas garotas russas. Atento aos gestos de Maria, Raymond supunha que ela impedia Larousselle de lhe dirigir a palavra; e se convencia de que, passados dezessete anos, ela continuava a ver nele o mesmo bruto estouvado e vergonhoso. O rapaz escutou o bordelês ralhar:

— Eu quero além disso! Isso deve bastar.

Um sorriso mascarava o rosto mau daquele homem que vinha na direção de Raymond com a segurança das pessoas convencidas de que seu aperto de mão é uma graça especial. "Será que não se enganava? Não era ele o filho do bondoso doutor Courrèges? Sua mulher lembra-se bem de ter conhecido Raymond quando menino, no tempo em que o doutor a tratava..." E segurou com autoridade o copo de Raymond, obrigando-o a sentar-se junto de Maria, que retirou depressa a mão, mal a estendeu; Larousselle sentou-se um momento, depois se levantou, cinicamente.

— Vocês me permitem, hein? Um instante...

E já estava ele no balcão, junto com as duas garotas russas. Embora pudesse voltar de um momento para o outro, e nada fosse mais urgente para Raymond do que aproveitar aquele minuto, o rapaz se mantinha em silêncio. Maria afastava a cabeça; ele sentia o perfume dos cabelos curtos e viu, com emoção profunda, que alguns deles estavam brancos. Alguns? Milhares, talvez... A boca um pouco forte, espessa fruto que por milagre ainda estava intacto, fixava toda a sensualidade daquele corpo, e só restava nos olhos uma luminosidade muito pura, sobre a testa descoberta. Ah, que importava que a onda do tempo houvesse batido, roído longamente, amolecido o pescoço de Maria, seu colo! E ela disse, sem olhar para Raymond:

— Meu marido é realmente de uma indiscrição...

Raymond, tão tolo quanto aos 18 anos, mostrou-se estupefato por sabê-la casada.

— Você não sabia? Mas todo Bordeaux o sabe!

Ela resolvera opor a Raymond um silêncio glacial, mas agora se sentia confusa, ao saber que existia um homem neste mundo, principalmente um bordelês, que não soubesse que ela se chamava agora madame Victor Larousselle. Raymond se desculpou, dizendo que já fazia muitos anos que não morava em Bordeaux. Ela então não pôde deixar de violar seu voto de silêncio: o senhor Larousselle se resolvera no ano seguinte à guerra... Já fazia muito tempo que ele hesitava, por causa do filho...

— E justamente Bertrand, assim que foi desmobilizado, nos suplicou que realizássemos o casamento. Eu não fazia nenhuma questão: cedi a considerações mais altas...

E ela acrescentou que moraria em Bordeaux:

— ...mas Bertrand está cursando a Politécnica; o senhor Larousselle passa aqui quinze dias por mês; e assim o rapaz tem um lar.

E de repente ela teve vergonha de haver falado, de se haver confiado; e, de novo distante, perguntou:

— E o nosso caro doutor? A vida nos separa dos nossos melhores amigos...

Que alegria teria em revê-lo! Mas como Raymond, pegando-a pela palavra, lhe disse:

— Meu pai, justamente, está em Paris, no Grand Hôtel; e ficaria encantado...

Maria virou-se, fingindo não ter ouvido. Impaciente por irritá-la, por lhe desencadear a cólera, ele tomou coragem e tocou afinal no assunto perigoso:

— A senhora não ficou me querendo mal pelo meu estouvamento? Eu era apenas um menino rústico, no fundo tão ingênuo! Diga-me que não me odeia mais.

— Odiá-lo?

Ela fingiu não o compreender, e acrescentou:

— Ah, está aludindo àquela cena absurda... Mas não tenho nada a lhe perdoar. Creio mesmo que eu estava louca naquela época. Levar a sério o garoto que você era! Hoje isso me parece tão despido de interesse! Nem pode imaginar como tudo está longe de mim!

Ele a irritara, realmente, mas não da maneira que supusera. Ela tinha horror por tudo que lhe recordasse a antiga Maria Cross, mas considerava apenas ridícula sua aventura com Raymond. Desconfiada, perguntava a si mesma se ele soubera que ela talvez quisera morrer... Não, ele se mostraria mais confiante, não teria um ar tão humilde. Raymond previra tudo, salvo o pior, salvo aquela indiferença.

— Eu vivia voltada unicamente para mim naquele tempo. Punha um mundo em qualquer tolice. Parece até que você está me falando de outra mulher.

Raymond sabia que a cólera, que o ódio, são prolongamentos do amor; que se ele os soubesse despertar em Maria Cross, sua causa não seria talvez sem esperança; mas só conseguia excitar irritação naquela mulher, a vergonha por outrora se haver entregue a tão lamentáveis jogos, em tão lamentável companhia. E ela acrescentou em tom de brincadeira:

— Então você acreditou que aquelas tolices poderiam ter importância na minha vida?

Raymond resmungou que elas tinham tido importância na vida dele, confissão que jamais fizera a si próprio e que afinal lhe escapou. Já não duvidava mais que seu destino houvesse sido influenciado por aquela pobre história da sua adolescência; sofria, e escutava a voz calma de Maria Cross:

— Bertrand tem muita razão quando diz que nós só começamos a viver nossa verdadeira vida depois dos 25 ou 30 anos.

Ele sentia confusamente que aquilo não era verdade, e que no fim da adolescência tudo que tem de se realizar já tomou corpo em nós. No limiar da mocidade o jogo está lançado, nada mais se altera; e quem sabe a sorte já está decidida desde a infância: determinada inclinação, enterrada na nossa carne antes de nascer, cresceu como nós, combinou-se com a pureza da nossa adolescência, e, quando chegamos à idade adulta, desabrocha bruscamente sua flor monstruosa.

Raymond, desamparado, tão perto daquela mulher inacessível, lembrou-se então daquilo que ele tão ardentemente desejara contar a Maria e, embora à medida que falava fosse tendo a certeza de que suas palavras eram as menos oportunas, declarou: "Claro, aquele caso não o impedira de conhecer o amor... e quanto! Talvez ele houvesse tido mais mulheres que qualquer outro rapaz de sua idade, e mulheres mesmo, não prostitutas... Maria Cross, podia-se até dizer, lhe dera sorte...".

Ela inclinou a cabeça para trás e, com os olhos entrefechados, indagou com ar de repugnância: de que se queixava, então?

— ...Já que para você, decerto, só essa sujeira tem importância.

Maria acendeu um cigarro, encostou à parede a nuca raspada, acompanhou, através da fumaça, as reviravoltas dos três pares. E como o jazz recuperava fôlego, os homens se afastavam das mulheres, batiam palmas, depois estendiam as mãos para os negros, com gestos súplices, como se sua vida dependesse daquela algazarra; os negros misericordiosos se desencadeavam então, e os efêmeros, erguidos pelo ritmo, voavam imediatamente, grudados uns aos outros.

Raymond, entretanto, contemplava com ódio aquela mulher de cabelos curtos que fumava, aquela Maria Cross; procurava e encontrou afinal a palavra que a poria fora de si:

— E, apesar de tudo, você está aqui.

Maria compreendeu o que ele queria dizer: volta-se sempre ao primeiro amor. E ele teve o prazer de ver se avermelhar intensamente aquele rosto, e as sobrancelhas dela se aproximarem duramente:

— Sempre detestei estes locais: é evidente que você me conhece muito mal! Seu pai deve lembrar-se bem do meu martírio quando o senhor Larousselle me arrastava ao Lion Rouge. Não adiantaria nada lhe dizer que estou aqui por uma questão de dever, sim, de dever... Mas um homem da sua espécie, como poderia compreender meus escrúpulos? É o próprio Bertrand que me aconselha a ceder, em medida razoável, aos gostos do meu marido. Se quero conservar alguma influência sobre ele, não devo puxar muito pelas rédeas. Bertrand é muito compreensivo; e suplicou-me que não resistisse ao pai, que me exigiu cortar os cabelos...

Bastava-lhe pronunciar o nome de Bertrand para que Maria se sentisse descontraída, apaziguada, enternecida. Raymond revia mentalmente uma alameda deserta do Parque Bordelais, às 16 horas, um garoto resfolegante que lhe corria atrás; escutava-lhe a voz cheia de lágrimas: "Devolva o meu caderno", aquele menino magro, em que homem se terá transformado? Raymond procura feri-la:

— E agora você está com um filho homem...

Não, Maria não se ofendeu; sorriu, feliz:

— É verdade, você o conheceu no colégio...

Raymond, de repente, passou a existir aos olhos dela: é um antigo colega de Bertrand.

— Realmente, tenho um filho homem; mas um filho que é ao mesmo tempo um amigo, um mestre. Você nem pode imaginar o que eu devo a Bertrand...

— Sim, você já me disse: seu casamento.

— Meu casamento, sim, mas isso não seria nada. Ele me revelou... mas não, você não poderia compreender. E apesar de tudo, eu pensava ainda agora que você fora colega dele.

Gostaria de saber como ele era, quando menino. Muitas vezes perguntei a meu marido: é incrível que um pai só saiba dizer a respeito do filho: "Um menino bonzinho como todos os outros", é o que ele conta. Aliás, não vejo a menor indicação de que você tenha observado melhor. Começa que é tão mais velho!

Raymond rosna:

— Quatro anos, não é nada.

E acrescenta:

— O que eu recordo é de um garoto com cara de menina.

Maria não se zangou, mas respondeu com calmo desdém que ela imaginava bem que eles não haviam sido feitos para se entender. Raymond compreendeu que aos olhos de Maria o enteado plainava acima dele, a uma distância incomensurável. Maria pensava em Bertrand; bebera o champanhe e sorria aos anjos: batia palmas, também, como os efêmeros desunidos, para que a música auxiliasse seu encantamento. Na memória de Raymond, o que restava das mulheres que ele possuíra? Algumas, mal as reconheceria. Mas podia-se dizer que ele não passara um dia, durante aqueles dezessete anos, sem despertar dentro de si, sem insultar, sem acariciar, aquele rosto cujo perfil via tão próximo esta noite. E ela estava tão longe dele, naquele minuto, que isso lhe foi insuportável; e para se aproximar de Maria a qualquer preço, disse de novo o nome de Bertrand:

— Ele já está perto de deixar a Escola?

Maria respondeu feliz que Bertrand estava no último ano; perdera quatro anos por causa da guerra; e tinha a certeza de que ele estaria entre os primeiros alunos. E como Raymond acrescentou que, sem dúvida, Bertrand sucederia ao pai, Maria protestou que lhe dariam tempo para refletir. Aliás, ela tinha a certeza de que Bertrand se imporia em qualquer lugar. Raymond não poderia compreender o valor daquela alma.

— Na Escola, o brilho dele é extraordinário... Mas nem sei por que estou a lhe dizer estas coisas...

E ela parecia descer do céu, quando indagou:

— E você? Em que se ocupa?

— Negócios... Me viro...

E de repente sua vida pareceu miserável a Raymond. E ela mal o escutara. Nem sequer o desprezava; ele não existia, aos seus olhos. Soerguendo-se a meio, Maria fazia sinais para Larousselle, que continuava a perorar no seu tamborete; e ele gritou para a mulher:

— Mais um minutinho!

Maria disse, em voz baixa:

— Como ele está vermelho! Bebe demais...

Os negros cobriam os instrumentos, como crianças adormecidas. Só o piano parecia não poder parar, um par ainda girava; os outros, sem se desunirem, se sentiam abatidos. Era aquela a hora que Raymond Courrèges tantas vezes saboreara: a hora em que se recolhem as garras, em que os olhos estão cheios de doçura, a voz surda e as mãos insidiosas... Nesse momento, ele sorria e pensava no que viria depois: quando, ao sair do quarto, pela madrugada, o homem se afasta assobiando e deixa atrás de si, atravessado na cama, um corpo exausto, como que assassinado... Ah, mas com certeza ele não abandonaria assim Maria Cross! Uma vida inteira não lhe bastaria para se fartar daquela mulher. Ela é por tal modo indiferente que nem percebe que ele aproximou seu joelho do dela: não sente sequer o contato; sobre ela, ele não tem poder nenhum; e, entretanto, teve-a ao alcance da mão naqueles anos passados; Maria acreditou que o amava. E ele não o soubera; era apenas um menino, ela o deveria ter prevenido do que lhe exigia; nenhum capricho o teria repelido; teria avançado tão lentamente quanto ela o desejasse: bem sabia abrandar seu furor, quando era necessário... E ela lhe teria saboreado a alegria... Tarde demais agora: teria ele que esperar durante séculos para que se renovasse a conjunção dos seus destinos, no bonde das 18 horas? Raymond ergueu os olhos, viu nos espelhos sua mocidade decomposta, viu apontarem os sinais da decrepitude: o tempo de ser amado passara; agora era o tempo de amar, se tu és digno de amar. E ele pôs a mão sobre a mão de Maria Cross:

— Lembra-se do bonde?

Ela encolheu os ombros, sem responder, e teve a audácia de perguntar:

— Que bonde?

E depois, sem lhe dar tempo para responder:

— Quer fazer a gentileza de ir procurar o senhor Larousselle e apanhar nossas vestimentas... senão não vamos embora nunca mais...

Raymond fingiu não escutar. Ela dissera muito de propósito: "Que bonde?". Ele quis protestar que nada tinha importância na sua vida, além daqueles minutos em que os dois se sentavam face a face, por entre os pobres, cujos rostos encarvoados o sono derrubava; um jornal escorregava das mãos pesadas, aquela mulher sem chapéu erguia o folhetim para a luz das lâmpadas, e seus lábios se moviam como se rezasse. Gotas de chuva penetravam a poeira daquela estradinha que ficava por trás da igreja de Talence; um operário de bicicleta passava por eles, deitado sobre o guidom, e levava a tiracolo um saco de pano onde apontava uma garrafa. Através dos gradis, as folhagens poeirentas pareciam mãos pedindo água.

— Peço-lhe, por gentileza, que traga aqui o meu marido; ele não está habituado a beber tanto assim, eu deveria tê-lo mantido comigo; ele não suporta o álcool.

Raymond, que se sentara novamente, levantou-se, e de novo sentiu horror pelo seu reflexo nos espelhos. Para que serve ser "ainda jovem"? Ainda se pode ser amado, mas já não se escolhe. Tudo é possível a quem detém o esplendor efêmero da primavera do ser humano... Cinco anos atrás, pensa Raymond, não teria desesperado da sua sorte: melhor do que ninguém, ele sabia o que a primeira mocidade de um homem pode vencer numa mulher gasta, que antipatias, que preferências, que pudores, que remorsos, quanto ele desperta de curiosidade, de apetites. Agora ele se acreditava desarmado e olhava o próprio corpo como, na véspera de um combate, olharia uma espada quebrada.

— Se você não se resolve, vou eu mesma. Estão fazendo-o beber... Como é que eu o posso trazê-lo? Que vergonha!

— Que diria o seu Bertrand, se a visse aqui ao meu lado, o pai ali...

— Ele compreenderia tudo. Ele compreende tudo.

Foi então que ressoou, dos lados do bar, o barulho de um corpo maciço desabando, Raymond se precipitou e, auxiliado pelo barman, quis soerguer Victor Larousselle, cujas pernas tinham ficado presas no banco derrubado, e cuja mão convulsa, ensanguentada, não largava uma garrafa quebrada. Maria, trêmula, lançou uma peliça sobre os ombros do pai de Bertrand e lhe ergueu a gola, para esconder o rosto violáceo. O barman dizia a Raymond, que pagava a conta, "que nunca se sabia se não se tratava de um ataque"; e quase que carregou nos braços o homenzarrão até o táxi, tanto temia vê-lo "estourar", antes de atravessar a porta.

Maria e Raymond, sentados nos banquinhos do táxi, mantinham deitado o bêbado; uma mancha de sangue ia-se alargando sobre o lenço que lhe cobria a mão doente. Maria lamentava-se:

— Isso não acontece nunca... eu deveria ter me lembrado de que ele só pode beber vinho... Você jura que guarda segredo?

Raymond exultava, recebia com alegria imensa essa reviravolta da sorte. Não, ele não podia ser afastado de Maria Cross naquela noite. Que loucura, duvidar da sua estrela! Embora o inverno chegasse ao fim, a noite ainda estava fria; uma capa de granizo branqueava a Place de la Concorde, sob o luar. Raymond segurava, no fundo do assento, aquela massa da qual saíam palavras confusas, eructações. Maria abrira um frasco de sais, cujo aroma avinagrado o rapaz adorou; e ele se aquecia ao calor do corpo amado perto do seu, aproveitava os curtos clarões de cada poste de luz para encher os olhos com a imagem daquele belo rosto humilhado. Durante um momento ela segurou nas mãos a cabeça pesada do velho, pavorosa, e fazia lembrar Judite.

Maria desejava, acima de tudo, que o porteiro não percebesse nada e aceitou felicíssima os bons ofícios de Raymond para arrastar o doente até o elevador. Mal o tinham deitado numa cama, viram que a mão de Larousselle sangrava abundantemente e que ele tinha as pupilas congestionadas. Maria perdia a cabeça, atada, incapaz de prestar ao doente qualquer dos cuidados fáceis às outras mulheres... Deveria acordar os criados, no sétimo andar? Mas que escândalo! Maria resolveu telefonar para seu médico, que com certeza pusera o interruptor no aparelho, pois que não se obteve nenhuma resposta. Ela irrompeu em soluços. Raymond lembrou-se então de que seu pai estava em Paris; teve a ideia de chamá-lo, fez a sugestão a Maria. Sem lhe dizer sequer "obrigada", já estava ela a procurar no Anuário o número do Grand Hôtel.

— Meu pai vem logo, só será o tempo de vestir-se e apanhar um táxi.

Maria, dessa vez, segurou-lhe a mão; abriu uma porta, acendeu a luz:

— Quer esperar o doutor aqui? É o quarto de Bertrand.

Contou que o enfermo vomitara e que estava melhor, mas que o ferimento ainda lhe dava inquietação. Raymond, depois que ela saiu, sentou-se, abotoou a peliça: a calefação estava ruim. Escutava ainda a voz sonolenta do pai: como parecia vir de longe! Já fazia três anos que não se avistavam: em seguida à morte da avó Courrèges. Nessa época Raymond se encontrava numa grande falta de dinheiro; talvez houvesse reclamado seu dote em palavras por demais brutais; porém o que mais irritava o rapaz e precipitara o rompimento foram as censuras do pai a respeito do seu modo de viver, que provocava horror naquele homem timorato; os costumes de corretor, de intermediário, lhe pareciam indignos de um Courrèges; ele pretendera exigir que Raymond se entregasse a uma ocupação regular... Agora, o pai estaria ali dentro de instantes; deveria abraçá-lo ou apenas apertar-lhe a mão?

Raymond faz essas indagações a si próprio, mas um objeto o atrai, o prende: a cama de Bertrand Larousselle, uma caminha de ferro, tão estreita, tão comportada, sob a colcha estampada de flores, que Raymond desata a rir: cama de solteirona ou de seminarista. Paredes nuas, salvo uma única, coberta de livros. A mesa de trabalho é arrumada como uma boa consciência. "Se Maria fosse me visitar", pensava Raymond, "que diferença!..." Veria lá um divã baixo, que se confundia com o tapete: qualquer criatura que se aventurasse naquela meia treva experimentava uma perigosa desambientação, a tentação de ceder a gestos que não a comprometerão mais do que os gestos que se usassem num outro planeta, ou os gestos que o sono inocenta... Mas no quarto onde, àquela noite, Raymond esperava, nenhuma cortina escondia as vidraças geladas pela noite de inverno: aquele que o habitava quereria decerto que a luz da madrugada, antes do primeiro sino, o despertasse. Raymond não descobre os sinais de uma vida pura; aquele quarto, feito para a oração, lhe inspira o pensamento de que as recusas no amor, a negação, são os adiamentos hábeis de que o prazer se beneficia. Ele decifra alguns títulos de livros, resmunga:

— Não! Mas que idiota!

Nada lhe poderia ser mais estranho que aquelas histórias de outro mundo, nem nada haveria que lhe causasse mais repugnância. Como o pai demorava a vir! Raymond gostaria de não estar mais só, sentia que aquele quarto zombava dele. Abriu a janela e olhou para os telhados sob a lua tardia.

— Seu pai está aí.

Raymond fechou a janela e acompanhou Maria ao quarto de Victor Larousselle, avistou uma sombra debruçada sobre a cama, reconheceu sobre uma cadeira o enorme chapéu--coco do pai, a bengala de castão de marfim (seu cavalo, outrora, quando brincava de cavalinho); mas, quando o doutor soergueu-se, o filho não o reconheceu. Aquele velho que lhe sorria, que o puxava para si, ele sabia entretanto que era seu pai.

— Nem fumo, nem álcool, nem café; carnes brancas ao meio-dia, nenhuma carne à noite, e o senhor pode viver um século... Está aí!

O doutor repetiu:

— Está aí — com a voz arrastada de quem tem o espírito longe. Seus olhos não deixavam Maria, que, vendo-o imóvel, adiantou-se, abriu a porta e disse:

— Creio que, agora, todos nós precisamos dormir.

O doutor a acompanhou ao hall; e repetia com voz tímida:

— Apesar de tudo, foi sorte termos nos reencontrado... — Quando ele se vestia às pressas, ainda há pouco, e quando vinha no táxi, premeditara que essa curta frase seria interrompida por Maria Cross, e que ela exclamaria: "Agora que eu o tenho aqui, doutor, não o largo mais". Mas não fora isso que ela respondera quando, à entrada, ele se apressara em dizer: "Apesar de tudo, foi sorte...". E ei-lo que pela quarta vez repetia a frase preparada, como se, à força de insistir, devesse surgir a resposta esperada. Mas não: Maria lhe oferecia o sobretudo e não se enervava, embora ele não encontrasse a manga; ela dizia, docemente:

— É verdade que o mundo é pequeno: nós não nos reencontramos esta noite? Poderemos nos encontrar outra vez.

E fingindo ela não entender a observação do doutor. "Talvez se possa ajudar a sorte...", ele elevou a voz:

— A senhora não acredita, madame, que nos seria possível ajudar um pouco a sorte?

Se os mortos voltassem, quanto embaraço causariam! E eles retornam, às vezes, guardando de nós uma imagem que desejaríamos ardentemente ver destruída, cheios de lembranças que apaixonadamente desejaríamos ver esquecidas. Cada ser vivo é incomodado por esses afogados que a maré traz de volta.

— Eu não sou mais aquela preguiçosa que o senhor conheceu, doutor; vou me deitar porque tenho que me levantar às 7 horas.

E Maria ofendeu-se porque ele não se espantou. Estava irritadíssima por se sentir coberta pelo olhar tenaz daquele velho, que repetia:

— Então você não acredita que poderíamos ajudar o acaso? Não?

Respondeu, pois, um pouco rispidamente, que ele lhe conhecia o endereço:

— Eu nunca vou a Bordeaux... Mas o senhor, talvez... Fora tão amável em ter-se incomodado!

— Se a luz da escada se apagar, o interruptor é ali.

O velho não se mexia, teimava: Maria não sentia nenhuma consequência mais da queda? Raymond saiu da sombra e perguntou:

— O que é uma queda?

Maria sacudiu a cabeça, com ar exacerbado, e disse com grande esforço:

— Quer saber o que seria gentil, doutor? Poderíamos escrever um ao outro... Já não sou aquela correspondente maníaca; mas, afinal, para o senhor...

O doutor respondeu:

— Escrever não adianta. De que serve escrever quando a gente não se pode ver?

— Mas justamente as pessoas escrevem porque não se podem ver!

— Não, não; aqueles que têm a certeza de que jamais se hão de rever, acredita você que desejem que a vida artificial de uma correspondência lhes prolongue a amizade? Principalmente quando um percebe que para o outro é um sacrifício... A gente fica covarde quando envelhece, Maria. Já teve sua cota e teme um excesso de sofrimento.

Ele nunca lhe dissera tanto; será que ela enfim compreenderia?

Maria parecia distraída naquele momento porque Larousselle a chamava, porque eram 5 horas, e ela tinha pressa de se livrar dos Courrèges:

— Pois serei eu que lhe hei de escrever, doutor, e o senhor fará o sacrifício de me responder.

No entanto, mais tarde, quando fechada e aferrolhada a porta, ela voltava ao quarto, o marido a escutou rir e lhe perguntou por que ria:

— Você sabe o que estou descobrindo? Não vai rir? Acho que o doutor andou apaixonado por mim, em Bordeaux... não me admira nada...

Victor Larousselle respondeu, com voz pastosa, que não tinha ciúmes; e retornou a uma das suas piadas mais antigas: "Mais um, maduro para a fria pedra". Acrescentou que decerto o coitado sofrera de uma pequena crise; muitos dos seus clientes, que não ousavam deixá-lo, consultavam outros médicos às escondidas.

— Já não sente enjoo? Não lhe dói a mão?

Não, ele não sentia mais nada.

— Contanto que não se saiba em Bordeaux o que me aconteceu esta noite... Será que o moço Courrèges conta?

— Ele nunca vai a Bordeaux. Durma... vou apagar a luz.

Maria sentou-se no escuro e não se mexeu até que ouviu o marido a ressonar calmamente. Saiu então para o seu quarto, hesitou diante da porta entreaberta de Bertrand, não se conteve, empurrou-a; e, mal transpusera o umbral, farejou, furiosa, um cheiro de fumo, um cheiro humano:

— Eu devia mesmo ter perdido a cabeça para deixar entrar aqui aquele...

Abriu a janela ao vento da madrugada, ajoelhou-se um instante ao pé da cama; seus lábios moveram-se. Maria encostou os olhos no travesseiro.

XII

Como outrora, no cupê cujos vidros escorriam água, numa estrada de subúrbio, um táxi carregava o doutor e Raymond sem que, a princípio, eles trocassem mais palavras do que o faziam naquelas manhãs esquecidas. Mas já não era o mesmo silêncio: Raymond segurava a mão do velho um pouco abatida contra si. E disse:

— Eu não sabia que ela tinha casado.

— Eles não comunicaram a ninguém: pelo menos é o que suponho, o que acredito... Em todo caso, a mim não comunicaram.

Dizia-se que o rapaz, Bertrand, fizera questão dessa regularização. E o doutor citava uma frase dita por Victor Larousselle: "Trata-se de um casamento morganático".

Raymond murmurou:

— Formidável!

E observava de esguelha, à luz da madrugada, aquele rosto de supliciado, via agitarem-se os lábios brancos. E aquele rosto imóvel, aquela face de pedra, lhe fez medo; Raymond procurou falar qualquer palavra:

— Como vai a família?

Todos iam bem. Madeleine, principalmente, era admirável, dizia o doutor: só vivia para as filhas, escondia as lágrimas, mostrava-se digna, em resumo, do herói que perdera. (O doutor não perdia a oportunidade de exaltar o genro, morto em Guise; oferecia-lhe reparação, acusava-se de não lhe haver dado o valor merecido: tantos homens tiveram, durante a guerra, uma morte que não estava de acordo com eles!) Catherine, a primogênita de Madeleine, estava noiva do terceiro filho dos Michon; esperava-se que ele completasse 22 anos para oficializar o noivado:

— Não vá contar a ninguém.

E o doutor fez essa recomendação com a voz de sua mulher.

Raymond conteve-se para não responder: "E o senhor acha que alguém iria se interessar por isso, aqui?".

O doutor calou-se, como se atacado por uma dor aguda. Raymond pôs-se a fazer cálculos: "Ele está com 69 ou 70 anos... Pode-se ainda sofrer nessa idade, depois de passados tantos anos?".

E sentiu então a própria chaga, foi tomado de medo, não, não, passaria depressa; e lembrou-se do que repetia uma de suas amantes: "Em amor, quando sofro, encolho-me, espero; tenho a certeza de que aquele homem por quem quero morrer talvez amanhã não signifique nada mais para mim; o objeto de tanto sofrimento talvez não valha mais um só olhar meu; é terrível amar e é vergonhoso deixar de amar...". Aquele velho, fazia dezessete anos que sangrava: nessas vidas organizadas, nessas vidas dedicadas ao dever, a paixão se conserva, se concentra; nada a gasta, nenhum sopro a evapora; ela se acumula, se estagna, se corrompe, envenena, corrói o vaso vivo que a contém. O táxi rodeou o Arco do Triunfo; entre as árvores raquíticas dos Champs-Elysées, a rua negra corre como o Érebo.

— Acho que deixei de trabalhar irregularmente. Ofereceram-me um lugar numa usina, uma fábrica de chicória. Passado um ano, entregam-me a direção.

O doutor respondeu com a voz distraída:

— Fico muito satisfeito, meu filho... — e de súbito indagou: — Como você a conheceu?

— Quem?

— Você sabe muito bem de quem estou falando.

— A pessoa que me ofereceu o emprego?

— Oh, não; Maria.

— Faz muito tempo. Quando eu estudava Filosofia, acho que trocamos algumas palavras no bonde.

— Você nunca me contou. Lembro-me que, uma única vez, você me disse que um amigo a tinha apontado na rua.

— É possível. Depois de dezessete anos, não me lembro bem... Ah, sim! Foi no dia seguinte a esse encontro que ela me falou, justamente para me pedir notícias do senhor. Conhecia-me de vista. Aliás, creio que, esta noite, se o marido não tivesse me procurado, ela teria fingido não me conhecer.

O doutor deu a impressão de se tranquilizar. Murmurou:

— E depois, que é que isso pode me fazer? Que é que isso pode fazer?

Fez o gesto de limpar, amassou o rosto com as duas mãos, endireitou-se, voltou-se um pouco para Raymond, fazendo um esforço para escapar de si próprio, para não se preocupar senão com o filho:

— Uma vez o seu emprego garantido, case-se, meu filho.

E como Raymond riu, protestando, o velho voltou-se sobre si próprio, retornou a si próprio:

— Você nem sabe quanto é bom viver bem no centro de uma família... sim, é bom! A gente carrega consigo os mil cuidados dos outros; e essas mil picadas chamam o sangue para a pele, você compreende? Afastam a gente da própria ferida secreta, da própria profunda chaga interior; tornam-se indispensáveis. Veja você: eu queria esperar o fim do Congresso, mas não consigo: vou apanhar o trem das 8 horas, hoje pela manhã... O importante, na vida, é criar um refúgio. No fim, como no começo, é preciso que uma mulher nos carregue.

Raymond resmungou:

— Deus me livre! Prefiro morrer... — E olhava para o velho minguado, roído de caruncho.

— Você nem pode imaginar a proteção que encontrei junto de vocês todos. Mulher, filhos, são coisas que nos cercam, nos comprimem, nos protegem contra a multidão de coisas desejáveis. Você, que quase não falava comigo, não é uma censura, meu querido, você nem sabe quantas vezes, no momento de ceder a uma solicitação deliciosa, talvez criminosa, senti a sua mão no meu ombro, me trazendo docemente de volta.

Raymond rebateu:

— Mas que loucura pensar que existem prazeres proibidos! Ah, nós não somos da mesma espécie: eu mais depressa desmancharia a ninhada.

— E você acha que eu também não fiz sua mãe sofrer? Nós dois não somos tão diferentes assim; quantas vezes, em espírito, também desmanchei a ninhada!... Você nem sabe...

Não proteste: algumas infidelidades teriam lhe dado menos infelicidade do que essa traição de desejo da qual fui culpado por mais de trinta anos. É preciso que saiba, Raymond: você acharia difícil ser um marido pior do que eu fui... Sim! Sim! Sonhei as minhas orgias... Mas será isso melhor do que vivê-las? E veja como sua mãe se vinga hoje em dia: com um excesso de cuidados. E nada me é mais necessário do que a importunidade dela; preocupa-se o tempo todo... dia e noite está de olho em mim. Ah, minha morte será suave! Já não temos criadagem, você sabe; como diz ela, os criados de agora não parecem mais com os de antigamente. Não pusemos outra no lugar de Julie; você se lembra de Julie? Foi morar na terra dela. Pois sua mãe faz tudo, tenho às vezes que ralhar. Até mesmo varre e encera o soalho...

E o doutor se interrompeu e disse de repente, súplice:

— Não fique só, meu filho.

Raymond não teve tempo para responder, o táxi parava em frente ao Grand Hôtel; foi preciso descer, procurar troco. O doutor tinha tempo apenas para preparar a bagagem.

Aquela hora dos varredores e dos jardineiros era bem conhecida de Raymond Courrèges; ele respirou profundamente, acolheu, reconheceu as sensações concedidas aos seus regressos pela madrugada; alegria do animal exausto, farto, que só deseja agora a furna, o sono no qual se afundar. Sorte que o pai quisesse separar-se dele à entrada do Grand Hôtel. Como estava envelhecido! Como diminuíra! Jamais são excessivos os quilômetros entre nós e a família, dizia ele consigo, jamais o nosso próximo estará suficientemente longe. Ele tinha consciência de não pensar em Maria, lembrou-se de que tinha muito o que fazer naquele dia, tirou do bolso uma caderneta, procurou a página, sentiu-se estupefato ao ver que o dia parecia ter aumentado, ou deveria crer que aquilo com que o pretendia encher se reduzira? A manhã? Um deserto; à tarde? Esses dois encontros? Não iria. Debruçava-se sobre aquele dia como um menino sobre um poço; nada lhe podia jogar senão algumas pedrinhas; como encher tal buraco? Uma única coisa estaria na proporção daquele vácuo: tocar à porta de Maria, ser anunciado, recebido, sentar-se na sala onde ela estivesse sentada, dirigir-lhe uma frase qualquer; e até mesmo menos do que isso bastaria para lhe encher aquelas horas vagas e muitas outras mais; ter um encontro marcado com Maria, nem que fosse para uma data distante: com que paciência de caçador na espera teria ele abatido os dias que o separam de tal dia! Mesmo que ela adiasse o encontro, Raymond se consolaria, contanto que ela marcasse outra data, e essa nova esperança estaria dentro da medida do infinito vazio de sua vida! Sua vida não passava de uma ausência que era preciso equilibrar por uma espera. "Raciocinemos", dizia ele, "comecemos pelo possível: reatar a amizade com Bertrand Larousselle, entrar na vida de Bertrand? Mas não havia uma tendência comum entre os dois, uma relação comum; onde o encontrar, em que sacristia encontrar aquele sacristão?" Raymond queima então, em pensamento, todas as barreiras que o separam de Maria: escalado o abismo, aquela cabeça misteriosa repousa no seu braço direito dobrado, ele sente sobre o bíceps a nuca raspada, semelhante à face de um rapaz, e aquele rosto vem ao seu encontro, aproxima-se, aumenta, tão debalde, ai dele, quanto na tela de um cinema... Raymond admira-se de que os primeiros transeuntes não se voltem, não percebam sua loucura. Deixa-se cair num banco, em frente à Madeleine. A desgraça é tê-la revisto; não deveria revê-la: nestes dezessete anos, todas as suas paixões se tinham acendido contra Maria, como os camponeses das Landes acendem seu contrafogo... Mas ele a revira, e o fogo continuava a ser o mais forte, fortificava-se das chamas com as quais se pretendera combatê-lo. Suas manias sensuais, seus hábitos, aquela ciência no desregramento, pacientemente adquirida e cultivada, tornavam-se cúmplices do incêndio que agora rugia, avançava por uma frente imensa, a crepitar.

"Encolhe-te", dizia ele a si mesmo, "que isso não dura; enquanto esperas que acabe, embriaga-te; faz de morto." Seu pai, esse sofreria, entretanto, até a morte; mas também, que vida! O importante está em saber se a orgia o livraria da paixão; tudo serve à paixão; o jejum a exaspera, a satisfação a fortifica; nossa virtude a traz desperta, a irrita, ela nos aterroriza e nos fascina; mas se nós cedemos, nossa covardia jamais estará à altura das suas exigências... Ah, louco! Precisava indagar do pai como é que ele vivera com esse câncer. Que existe no fundo de uma vida virtuosa? Que escapatórias? Que pode Deus?

À sua esquerda, Raymond esforçava-se por surpreender o movimento do grande ponteiro sobre o mostrador do relógio pneumático; pensava que o pai já devera ter saído do hotel. E veio-lhe o desejo de dar mais um abraço no velho; simples desejo de filho. Mas entre ambos se aperta um outro laço de sangue, mais secreto: eles são parentes através de Maria Cross. Raymond sai às pressas na direção do Sena, embora ainda tenha tempo, antes da partida do trem; talvez cedesse àquela loucura que obriga a correr as pessoas cujas vestes estão em chamas. Intolerável a certeza de que jamais possuiria Maria Cross e de que morreria sem a possuir. O que ele tivera não tinha importância; só tinha preço aquilo que ele jamais teria.

Aquela Maria! Sentia-se estupefato ao descobrir que um ente humano, fosse quem fosse, pudesse ter tamanho peso no destino de um outro ser. Ele não pensara nunca nessas virtudes que saem de dentro de nós, trabalham frequentemente a despeito nosso, e a grandes distâncias, outros corações. Ao longo daquela calçada entre as Tulherias e o Sena, a dor pela primeira vez o obrigava a deter o pensamento nessas coisas em que jamais refletira. Sem dúvida porque, no limiar daquele dia, ele se sente desprovido de ambições, de projetos, de divertimentos, nada o afasta da vida pregressa; como já não tem futuro, todo o seu passado fervilha; quantas criaturas às quais sua aproximação foi fatal! E ainda assim ele não sabe quantas existências orientou, quantas desorientou; ignora que, por sua causa, determinada mulher matou um filho no seio, que uma rapariga morreu, que um colega entrou no seminário e que indefinidamente cada um desses dramas suscitou outros dramas. À beira do vácuo atroz que é este dia sem Maria Cross, e que será seguido por tantos outros dias sem ela, ele descobre simultaneamente essa dependência e essa solidão; é-lhe imposta a mais estreita comunhão com uma mulher a quem, entretanto, ele tem a certeza de jamais tocar; bastaria que ela viesse à luz para que Raymond continuasse nas trevas: até quando? E se ele quisesse sair dessas trevas, custasse o que custasse, se ele quisesse escapar a essa gravitação, que outros desfiladeiros se abririam à sua frente senão os do estupor e os do sono?... A menos que, no seu céu, aquele astro súbito se apague, como todo amor se apaga. Mas Raymond carrega consigo uma paixão furiosa, herdada do pai, paixão todo-poderosa, capaz de enfrentar até a morte outros mundos vivos, outras Marias Cross das quais será, sucessivamente, o miserável satélite... Seria necessário que antes da morte do pai e do filho se revelasse a eles, afinal, aquele que por sua vez atrai, do mais profundo do seu ser, essa onda ardente.

Raymond atravessou o Sena deserto, olhou o relógio da estação: seu pai já devia estar no trem. O moço desceu a plataforma de embarque, seguiu ao longo do trem, não precisou procurar muito: atrás de uma vidraça se destacava o rosto morto; as pálpebras estavam fechadas, as mãos juntas sobre um jornal aberto, a cabeça um pouco caída para trás, a boca entreaberta. Raymond tocou com o dedo o vidro: o cadáver abriu os olhos, reconheceu quem batera, sorriu e, tropeçando, adiantou-se ao seu encontro pelo corredor. Mas toda a sua felicidade se envenenou ante o receio pueril de que o trem partisse sem que Raymond tivesse tempo para descer:

— Agora que já o vi, que sei que você me quis rever, vá embora, meu querido: estão fechando as portas.

Em vão, o filho lhe garantiu que ainda restavam cinco minutos, e que, além do mais, o trem pararia na estação de Austerlitz; o velho só se acalmou quando viu Raymond novamente na plataforma; então, baixando o vidro, envolveu-o num olhar cheio de amor.

Raymond indagava se nada faltava ao viajante; quereria outro jornal, um livro? Marcara lugar no vagão-restaurante? O doutor respondia:

— Sim, sim... — e devorava com os olhos aquele rapaz, aquele homem tão diferente dele, tão parecido com ele. Essa parte do seu ser que lhe sobreviveria algum tempo e que ele não deveria rever nunca mais.

Este livro foi composto na tipologia Palatino LT
Std, em corpo 12/17, e impresso em
papel off-white no Sistema Cameron da
Divisão Gráfica da Distribuidora Record.